푸른사상 시선 157

마스카라 지운 초승달

푸른사상 시선 157

마스카라 지운 초승달

초판 1쇄 인쇄 · 2022년 5월 4일 | 초판 1쇄 발행 · 2022년 5월 12일

지은이 · 권위상
펴낸이 · 한봉숙
펴낸곳 · 푸른사상사

주간 · 맹문재 | 편집 · 지순이, 김수란, 노현정 | 마케팅 · 한정규
등록 · 1999년 7월 8일 제2-2876호
주소 · 경기도 파주시 회동길 337-16(서패동 470-6) 푸른사상사
대표전화 · 031) 955-9111(2) | 팩시밀리 · 031) 955-9114
이메일 · prun21c@hanmail.net /prunsasang@naver.com
홈페이지 · http://www.prun21c.com

푸른사상
시선
157

마스카라 지운 초승달

권위상 시집

푸른사상
PRUNSASANG

계가가 끝났다
꽃놀이패에 걸린 대마를 살리기 위해
식은땀을 꽤 흘렸다
두텁게 두지 못해 쫓기다가
안에서 궁하게 살 수밖에 없었던 곤마
두 눈을 내려고 안간힘을 썼지만
집이 부족하다

내내 초읽기에 몰려 살아온 인생
데드라인을 넘나들던 기억
끓는 된장국 거품을 걷어내며
숟가락을 얹어본다

밤하늘 별빛이 아름답다

2022년 4월
권위상

제2부

제3부

제4부

제1부

절반의 바다

1

바람은 늘 갯벌로부터 불어왔다

망각도 수없이 반복한 일상의 중턱에서

살아간다는 일이 쉽지 않을 것이라고

거품을 튀기면서 일깨우던 바다

발목을 빠뜨리고

유년의 기억을 하나 둘 흔들어낸다

이 작은 항구가 꿈꾸어오듯

파도는 온몸으로 꿈을 밀어 밀어

닿아야 할 그리운 나라로 손을 뻗치는데

새하얗게 부서지는 갈망

그리움이 닿아야 할 곳은 어디인가

낡은 전마선이 어깨를 비비며

잠을 뒤척이는 새벽 네 시

우리가 지은 죄를 죄다 토해놓고

저 무수히 반짝이는 눈

별빛으로

어둠의 한 켠에 내재율의 사랑을 모아본다
긴 호흡의 해저 일렁이는 침묵 속에서
만삭의 달은 갯벌에 달을 낳고
우리들의 가슴에도 포만의 달을 낳고
그리고 서서히 지워지는
안개의 꽃

    2

누가 저렇게 아름다운 선을 그어놓았는가
팽팽한 수평선
생활의 목판화를 뜯어내면
그 뒤로 새로운 일과 한 장 일어서고
우리는 다시 삶의 작도를 시작해야 한다
흉금을 털어놓듯
가슴의 대문을 활짝 열면
방금 튀어 오른 생선같이 싱싱한 아침이
죄 한 점 없이 걷혀지고
내항에 갇힌 바다를 보듬고 돌아서면

살아 있다는 의지가 용서한다는 의미일까
바람은 육중한 과제 하나를
툭 던져준다

오늘도 바람은 갯벌로부터 불어온다
끊임없는 간섭의 갯바람
머리칼을 쓸어 올리다가
문득 멈춘 갯바람에 뒤돌아보면
절반의 바다

나트륨

나트륨 혼합물이 비커에서 끓고 있다. 이 금속은 다른 물질과 결합하여 변신에 변신을 거듭한다. 소금의 원료가 되었다가 인류를 멸할 폭발물로, 실험자인 나와 동화되었다가 우주의 일부로 돌아가는 저 생명체, 놀랍다. 눈을 크게 뜨고 데이터를 축적하면 차차 쌓여가는 점성. 끈적이는 땀을 닦아내면 편두통이 바늘 같은 새치를 통해 콕콕 찔러온다. 저 혼합물이 비등점을 넘어갈 때 나는 담을 넘어 우주로 비행할 것이다. 벨이 울리고 점멸등이 커지자 비로소 나는 허리를 편다.

나의 혼합물이 우주에서 유영하고 있다. 불확실성 시대에 나는 적당히 타협할 우군도 없다. 누구와도 섞일 수 없는, 오직 반복하는 실험과 두드려야 하는 수식들. 내가 나를 믿고 나의 확신을 믿고, 믿고 싶은 것을 믿고 끊임없이 반복되는 실패를 믿어본다. 이따금 내가 나를 부정하려 치면 서로 투명한 가슴을 포개 차례를 기다리는 저 비커들이 한꺼번에 반란을 일으킬 것이다. 눈금이 닳아서 희미해진, 백내장을 앓는 어머니의 눈동자를 가진 저 순수한 목숨들.

마스카라 지운 초승달. 아내의 잠이, 서툰 화장이 거울 가를 더듬는다. 무서워요 오늘도 못 들어오시죠. 차가운 시간이 뚜벅뚜벅 다가와 목덜미를 짓누른다. 은박지처럼 반짝이는 밤하늘 나트륨 가루가 뿌려져 있다. 저 분말이 아내의 눈물과 반응하면 하얀 불꽃이 되어 폭발할까. 백 년을 기다렸다는 고차 방정식의 한 축, 그 미지수로 남을 수 있을까. 일교차가 심하다. 이제 나트륨 조각을 썰어야 할 시간이다.

고아원 부근

겨울비가 고구마밭을 적시고
아이들은 김을 모락모락 흘으며
다 못 뜯은 고구마 줄기를 뜯고 있었다
탈출하여 갈 곳 없는 바람 몇이 몰려다니며
황토는 순순히 섭리를 허락했고
그 외는 아무 일도 일어나지 않았다

언덕을 오르다 만난 방황하는 바람들과
이승의 일행이 되어 평지에 올랐을 때
아이들은 숨 가쁘게 동공을 굴리며
세상살이 일부로 익힌 동작으로
방문객의 속을 주제넘게 떠보았다.

선생님의 눈짓 하나로 질서는 잡히고
이 학년 단발머리가 어머님 은혜를 불렀다
웬걸, 유모차에 갇힌 솜털박이 꼬마가
갑자기 엄마를 부르며 울음을 터뜨릴 땐
일행의 가슴 깊숙이는

얼마나 뜯겨 나갔는지 모른다.
그러나 고구마 줄기는 창고 가득 뜯기고
겨울비는 눈썹에서 찰랑거리고

그래도 안식은 있어
고구마 더미 부근을 꺾어 유년을 밟을 때
머리 큰 아이 몇 놈 두리번거리다
쏜살같이 안개 속으로 달아났다
꽁초 몇 개와 마른번개가 번득거리고
서서히 힘센 바람 떼가 몰려와
달아난 일행을 찾고
보리는 맥없이 목을 부러뜨렸다

전신주가 부들부들 떨고 있었다

도림동 철공소

세상일이 막히고 뚫리듯
오늘도 꽉 막힌 철봉을 예열한다
단조강 마환봉 마육각
힘줄 불끈 솟은 철근
은빛 쇠파이프들 불꽃을 뿌리며 잘려나간다

분주한 작업 속에 또 다른 세상이 있다
누군가의 손에 쥐여 휘둘리는 쇠파이프
붉은 띠를 두른 자와
방탄 헬멧들이 격렬하게 부딪히는 현장
구호와 고함소리 피가 터지고 끌려 나가고
심장이 뚫린 쇠파이프가 내동댕이쳐지고

풀리지 않는 세상일은 아무도 모른다
그라인드 아래 튀기는 불꽃은 금방 사그라들지만
정확한 절단이 가끔 필요한 삶
사람이 사람을 부정하는 세상에

저 두꺼운 상판을 긍정해야 하는데

제 몸을 녹여
단절된 세상을 이어주는 용접봉
저 불꽃에 심어져 있는 파란 희망
오늘 아침 택배 기사가
환한 미소를 한 박스 내려놓고 간다

대머리 가계도

우리 집은 항상 밝았다
아버지도 삼촌들도 모두 대머리였다
모여 저녁식사 때는 휘황찬란했다
듬성듬성하지만 큰삼촌은 모발 이식을
늘 거울 앞에서 서성대는 둘째 삼촌은 가발을
소설 쓰는 막내 삼촌은 아예 겉머리마저 밀고 다녔다
아버지는 그야말로 정통 대머리
출근하실 때면 구두코처럼 반짝거렸다

아침마다 콩나물 통에 물을 주시는 할머니
콩나물 머리를 가지런히 만지시며
알아듣지 못할 말로 중얼거리신다
그러는 할머니를 꼭 껴안는 삼촌들

밤마다 정화수를 떠다 놓고
두 손 빌며 기도하시는 할머니
내가 잠들었을 때 내 머리에 정체 모를 액체를 바르신다
가끔 할머니가 나를 안쓰럽게 쳐다보는 이유를

나는 안다

당신 닮으면 어떡하지
삼촌들처럼 장가 못 가는 거 아냐
어머니가 아버지에게 지청구하는 소리를
방 밖에서 은근슬쩍 들은 적이 있다

맞다 아버지의 말씀이
머리카락 좀 없으면 어때 인성이 좋아야지

오늘 아침 머리 감을 때
고개를 숙이고 머리 위를 올려다보았다
머리숱이 줄어들고 있었다
휴가가 끝나고 부대로 복귀하는 날
할머니를 꼭 껴안아드리고 문을 나왔다
속으로 나는 괜찮다고 다짐했다

포클레인

1

산을 깎는다
국산 포클레인 시퍼런 손아귀로
마지막 남은 야산을 깎아낸다
관절을 삐걱거리며
힘차게 내려찍을 때마다
작업복 바지 속 손톱이 아프다 아픔으로
잘려나간 꽃뱀의 모가지가
눈을 부릅뜨고 부르르 떨고 있다

산을 깎는다
검게 그을린 포클레인 기사
흰 이빨이 드러날 때마다
큰 산 하나씩 붕괴되고
우리는 굳은 어깨뼈를 두들긴다
잘려진 소나무의 푸른 피가
지상에 뿌려지고
도처에서

햇살의 반란이 일어선다
오, 저 빛나는 국산 포클레인
그대 손톱자국이
고대 번창한 종족의 벽화처럼
산허리에 박혀 있다

2

그대 요란한 함성에는
규칙적인 박자가 있다
소시민적이거나 혹은
저 힘을 바탕으로 한 알레그로
무르팍을 꺾을 때마다
수많은 죄들이 퍼 올려져
죄가를 치르는구나
세치 혀끝 위정자의 낱말이
여기저기 흩어져 죽어 있다

오냐, 이 힘줄이 늘어져 끊어질 때

역사는 바람에 펄럭이고 있을까

이 땅에서 태어나

이 땅을 다스려야 한다는

국산 포클레인 그대 집념이

오후에는 하늘을 깎아내고 있다

밥상의 내력

식구들은 항상 오래된 밥상에 둘러앉아 밥을 먹었다
아버지가 숟가락을 들면 일제히 식사가 시작되고
식사 도중 자리를 뜨는 일은 결례임을 알고 있었다
한잔할 거냐
아버지는 반주를 드시기 전 꼭 한 번 물으셨다
가끔 형은 잔을 받고는 얼른 아버지께 돌려드렸다
아버지 자리엔 시퍼런 소나무가 가지를 뻗고 있었다

어느 날 아버지가 자리를 비우시자 밥상이 기우뚱했다
식구들의 식사량이 현저히 줄고 소화불량에 시달렸다
이렇게 오랫동안 밥상머리가 허전한 적은 없었다
소나무의 솔잎이 누렇게 우수수 떨어지고 있었다

슬픔이 줄어들 무렵 형이 아버지 자리를 어색하게 차지했다
시계 침이 이동하듯 자연스럽게 자리는 이동되고
　쭈뼛거리던 형수는 우리들의 식사 자리에 그럭저럭 적응
했다
　어린 식구가 불어날 무렵 형은 분가했다 그 시점에

밥상엔 새 식구인 아내가 합류했다

그러는 사이 어머니의 자리는 한결같았다
어머니 자리가 비면 그 자리엔 등나무가 자랄 거라 생각했다

둘째가 숟가락을 들 무렵 결국 어머니도 자리를 비우셨다
어머니는 둘째를 위해 자리를 비워주신 걸까
등나무가 낡은 밥상을 꼭 붙들어주었다

제사가 되어 우리는 두 분만의 밥상을 차렸다
향을 피우고 수저를 밥상에 탁탁 치고는
하얀 쌀밥 위에 숟가락을 살며시 꽂았다
언제 두 분만이 식사를 하신 적이 있던가

오늘 두 분의 식사를 차려놓았지만
수북한 음식은 결국 우리가 염치없이 모두 먹어버렸다
새로 자리에 합류한 손주들은
밥상 앞에서 게임 이야기로 시끄러울 뿐이다

녀석들도 오래된 밥상의 내력에 대해
언젠가는 알게 될 것이다

안개

　누굴까 저 푸르스름한 동굴 안에서 바람을 가르듯 얼핏 나
타났다 사라지는 재빠른 저것은
　무너져내린 강둑 사이로 튕겨 오르듯 나무를 찌르고 숲을
갈라 회오리 일으키는 저 광풍
　그 중심에서 억센 손아귀로 던진 그물을 힘차게 당기는 저
것은 무엇인가

　빠르게 포위해오는 군단 그들의 습격을 피해 달아나다 또
맞닥뜨리는 안개
　닥치는 대로 집어삼키는 너는 불가사리
　촘촘한 방충망을 뚫고 일제히 절벽 아래로 몸을 던진다
　허파 같은 낙하산이 펴지고 몸을 굴려 풀숲으로 숨어드는
낙뢰

　수색 중에 발견된 가지런히 놓인 구두와 남긴 편지 한 장
　끝이 깨진 핸드폰은 몸을 떨며 문자를 차곡차곡 쌓고 있다
　폴리스 라인이 쳐지고 수색대는 연신 카메라를 눌러댄다

흑백으로 찍히는 안개, 그림자

차마 살아 다 하지 못한 말들이 안개에 스며든다

안개가 끝나면 무수한 뼈들만 남을 것이다

머리칼 풀어 헤친 숲속에서 육중한 무엇이 다가온다

바로 그들 해독 불가한 난수표

이 사건의 배후는 안개다

강화도

일몰이 내리는 강화도
한 세기 전으로 돌아간다.

쇄국하라.
양인은 한 명도 조선 땅에 발 들여놓게 하지 마라.

천주교인 수백 명을 참수한 조정은 개방이 두렵다.
군함 콜로라도호는 강화도 초입에서 조선 왕조를 압박한
다.

장군, 좌현이 무너졌습니다.
예비대를 투입해 결사 항전하라.
장군, 일단 피하시지요. 저들은 천 명이 넘으며 신식 무기로
무장했습니다.
무슨 소리, 한 발짝도 여기서 물러날 수 없다.
모든 군사는 목숨을 초개와 같이 던질 각오로 적과 싸워라.
우리는 이 돈대를 사수한다.

무수한 눈발이 날리던 날

군함에서 날아오는 포탄 무너져내리는 성곽
편제로 발포되는 장총 쓰러져가는 병사들
최후로 남은 장군의 목이 땅바닥에 구른다.
불타는 민가 넋 잃은 민초들
통곡이 얼어붙어 바다로 떠내려간다.
빗장을 잠그고 소통하지 못한 왕조는
결국 속국이 되는 단초를 제공한다.

눈 내리는 일몰의 강화도
새로 단장한 광성보 뜨락에 구식 대포 한 문이
성긴 눈발을 맞고 있다.

저격수

여기는 무덤 속 혹은 구름 속, 박제가 된 채
저격수가 조준경 십자선을 통해 목표물을 훑다
저 아래 수만 인파 속으로 날리는
단 한 방의 저격으로 그의 신념은 이루어질 것이다

그를 쓰러뜨리면 이 모든 불행이 한꺼번에 사라질 수 있을까
반대로 엄청난 혼란과 소요 피의 보복이 벌어질 수도 있겠지

누구는 테러라 할 것이고 누구는 의거라 하겠지만
대체로 불리한 자들의 변명
이 사건을 역사에 맡기자는 주장에 저격수는 동의하지 않는다

신호가 잡힌다
환호하는 군중들 사이로 목표물이 등장한다
어금니를 깨물며 방아쇠에 검지를 올려놓는다
숨을 들이켜고 적정선에서 숨을 멈춘다
목표물이 멈추자 총구가 고정됐다
격발 순간

목표물은 비틀거리고
경호원들이 다급히 목표물을 덮쳐 에워싸고
도처에 배치된 요원들이 대응사격을 한다

동시에 조준경이 깨지고
저격수의 심장에서 내뿜는 피

상황이 종료되었다
저격수가 원하든 원치 않든
그와 목표물은 한날한시에 역사의 뒤편으로 사라지고
동시대를 거쳐간 역사의 흔적으로 남았다

이들이 흘린 피는 각자의 신념이었고
이로써 역사의 한 페이지는 붉은 줄을 그으며 넘겨진다

역사는 그런 것이다

소문

목포 유달산 기슭에는 히틀러의 무덤이 있다고 한다. 전 세계를 전쟁의 소용돌이로 몰아넣고 수많은 희생자를 낸 전쟁의 주범 히틀러 그가 어떻게 유달산에 묻혀 있는지 소문만 분분하고 그 소문조차 어디서 시작되었는지 아무도 알지 못한다.

얼마 전 히틀러의 제사가 있었다. 은밀히 모인 그들은 히틀러를 존중해서가 아니라 그 유해가 여기까지 흘러온 것에 대해 경외심을 갖고 일 년에 한 번 제사를 지낸다고 한다. 그들이 두 손 모아 절을 하는지, 손을 뻗어 하일, 히틀러 하고 외치는지는 알 수 없으나 생전에 채식주의자였던 그를 위해 제사상에는 채소가 가득했다고 한다.

히틀러 제삿날 엄청나게 비가 쏟아졌다. 산 일부가 잘려나가고 하산하던 그들 중 하나는 무너지는 흙더미와 함께 굴러 병원 신세를 졌다고 한다 그는 참석자 중 누군가가 마음이 경건하지 못해 노여움을 산 것이라며 분통을 터뜨렸다.

유럽에는 발 디딜 수조차 없던 히틀러의 시신은 원래 동맹

국 일본으로 몰래 옮기려 하다 미 해군에 발각돼 쫓기던 중 목포 인근으로 간신히 상륙해 유달산까지 오게 되었다고 설명하는 그의 표정이 너무도 진지했다. 지금도 비가 많이 오면 유달산의 숲은 히틀러, 히틀러 하고 소리 낸다고 한다.

소문은 그래서 무섭다.

데드 마스크

1

관 안에서 들었다

실수로 누른 건반 파문으로 퍼지고
시곗바늘이 마루에 거꾸로 꽂혀 가늘게 떤다
누군가가 고양이 걸음으로 다가와
짧은 눈물을 뿌리고 갔다

사는 게 벽관일까
태워버리는 게 나을까
잊어야 할 것들을 바람에 묶어
강물에 던졌다

반지를 빼려다 그만두었다
끝까지 남아라 이명이 울렸다

2

관 밖에서 보았다

구름에 걸린 사다리를 밟고 올라
손거스러미 뜯으며 머리를 뒤로 묶었다
무료했지만 빵은 없었다

계가가 끝나 돌을 거두었다
루주를 마셨지만 생각이 붉어지진 않았다
투명한 착시는 아스팔트에서 구르고
철망 속에 걸린 사슴뿔 정도였다

양초를 태우면 몇몇 현상들 절로 사라진다
쓴잔을 마셨다고 전하라 했다

명품 가방

지하철 종착역에 사는 사람들이 편리할 때가 있다
졸다 보면
종점이라고 속히 내리라고 안내 방송은
전쟁이나 난 것처럼 요란하게 깨워준다

머리 위 짐칸에 덩그러니 놓인 가방 하나
애들이 사달라고 조른 명품 가방이 틀림없다
꽤 비쌀 텐데 어쩌다 두고 내렸을까
잃어버린 주인은 얼마나 당황하고 있을까
망설이다 가지고 내렸다
유실물 센터로 가져갈까
마을버스가 끊기기 전 일단 집으로 가져갈까
가방을 열자
밥풀이 몇 개 묻어 있는 도시락과 찬통
땀 냄새가 확 풍기는 작업복과 낡은 지갑
지갑 속에서 방긋 웃고 있는 가족사진
가족이 들어 있는 명품 가방

주인은 연신 고맙다고 인사한다

짝퉁인데요

그래도 고마워요

짝퉁 가방 안에서도 온기 가득한 가족

명품은 아니지만

명품처럼 살아가는 가족

전기구이

나는 통닭을 줄줄이 꿴 전기구이를 보면
전기고문이 생각난다.
털이 몽땅 뽑히고 다리가 잘려나간 채
목마저 떨어져 나간 통닭을 보면
그때의 차디찬 기억이 떠올라
온몸에 소름이 돋는다.

어느 날 검은 선글라스 사내들에 의해
눈 가리고 팔 꺾인 채 끌려간 캄캄한 지하실
무릎 꿇린 채
나의 내벽은 속절없이 무너지고
신이여 차라리 죽게 해주소서
죽음만이 살 길이었던 참담한 기억들

창틀 안쪽에서 줄줄이 꿰여 빙빙 돌아가는
피 묻은 살덩이를 보면
나는 자꾸 어지럽고

구역질을 멈추지 못한다.

저 닭도 결국 실토하고 말았을까.

저 닭은 무엇을 실토했을까.

폭염

농약을 치고 오니 불콰한 사내들이 이빨을 쑤시며 대청에
서 하나 둘 일어선다 소주병이 뼈다귀와 검은 봉투에 가득하
다 바람은 사내들의 민낯을 밀어냈다 발전기 기름 냄새가 진
동을 한다 집 안을 들쑤시는 매미 소리 설익은 사과가 툭 떨
어진다

우체부가 던져주고 간 행정봉투 뜯어보니 징집서다 목줄을
타고 흐르는 땀이 강가에 닿는다 장화를 벗은 아버지의 종아
리가 햇살에 빛난다 녹이 슬까 기름종이로 문지르고 다시 끼
워 맞추는 의족의 피부에 종기가 돋았다 정수리가 뜯겨나간
밀짚모자를 벗어든 아버지가 휘청거린다

봉사활동 왔다는 여학생들 옷을 반만 걸친 채 강가로 나간
다 소란한 수다에 매미가 숨을 멈춘다 백구가 보이지 않는다
이쯤에서 보이지 않는 게 한둘이 아니다 경운기는 결국 퍼져
버렸다 운전면허증을 따지 못한 게 약간 후회되지만 핸들은
여러 번 잡아보았다

폭염이 불발탄처럼 쏟아진다
개털이 이리저리 흩어진다

제2부

소소한 관조

1

잎사귀를 흔들고 있는 바람을 보았다
귀 기울이면 바람 소리 안에 바람이 또 있다
바람 안에 바다가 있고 파도가 일렁인다
바람은 송전탑을 타고 위로 올라간다
고공농성 중인 붉은 피 현수막들
바람은 바빴다

2

무엇이 저 어린것을 여기까지 오게 했을까
아파트 옥상에 꽃 한 송이가 위태롭다
가지런히 신발을 벗어두고 난간 넘어 꽃을 던진다
꽃잎이 날린다
채 피우지 못한 꿈이 흩어진다

3

삭풍이 멈출 무렵
말단 기능직 공무원 김 씨는 머리를 깎고 산속으로 들어갔다

발굽이 갈라진 목숨들을 생매장시켜놓고
살처분이라 불렀다 고막이 터져나갔다
아수라, 눈을 감을 수 없다고 했다

4

누나가 잠꼬대한다
사장님 나이스 샷, 박수를 친다
박수를 친다 우레와 같은 박수를 받으며 단상을 내려온다
손에 쥔 상패 하나 독립유공자 가족 모범상
할아버지 아버지를 원망하지 않는다
쌀 한 포대는 무겁다

5

초등학교 일 학년 아들은 튜브를 찌그러뜨리며
여름휴가를 공동묘지로 간다고 입이 댓발 나왔다
미안하다 아들아 나도 바닷가가 그립단다
미루다 미루다가 이제야 빚 갚으러 간다 마음의 빚
남도의 국립묘지 비가 흩뿌리고 있다

6

영문도 모른 채 아빠를 따라 배에 올랐다가
차가운 바다에서 몸부림치다
해안가에 버려진 인형
아일란 쿠르디
네게 미안하단 말 사치스럽다

7

할머니는 눈을 감기 전 눈물을 적셨다 갓 시집왔을 때
그들은 시아버지와 며느리를 마주 세워놓고
서로 맞뺨을 때리라 했다
그렇게 하는 게 아니라며 시범까지 보였다
피신한 남편 부역한 사실을 밝히라 했다*
시아버지는 그날 밤 목을 맸다
할머니는 바람을 꼭 쥐고 숨을 거두었다

* 여수지역사회연구소, 1998년 「여순사건 실태조사보고서」 제1집에서
  인용

목욕탕

오 학년 때 여형제들 사이에 끼어
엄마 따라 굴비 두름처럼 엮여 여탕에 갔다
목욕탕 여주인의 의심스런 눈초리는 내 작은 키로 넘어가고
옷을 벗을 때부터 목욕이 끝날 때까지 나는
죄인처럼 내내 눈을 내리깔고 있었다
그날따라 엄마는 웬 힘이 그리 센지
온몸을 박박 문질러 아팠지만 이 악물고 참았다
여형제들에 이어 엄마 때가 완전히 벗겨질 때까지
거울도 보지 못하고 숨도 제대로 쉬지 못한 채
바닥만 뚫어져라 쳐다보고 있었다
그만 가자 엄마의 말이 떨어지자마자 벌떡 일어났을 때
그만 우리 반 여학생과 눈이 마주치고 말았다
죽고 싶었다 엄마의 설득과 겁박에 따라왔지만
이제 엄마라고 부르고 싶지 않았다
눈이 내려 발은 푹푹 빠지고
내 머릿속은 온통 월요일 교실 생각에 머리를 쥐어뜯었다

한 번은 꼭 가고 싶다는 일본 신주쿠 가족탕에서

정신이 오락가락하는 어머니

나를 키워낸 쭈글쭈글한 젖가슴을 보며

오늘은 내가 당신의 등을 민다

내 손으로 때도 밀고 내 손으로 너를 키워야겠다는

어머니의 정성을 내가 어떻게 알았으랴

김이 모락모락 뜨거운 욕탕에서

노래를 하다가 궁시렁거리다가

해맑은 웃음을 짓는 어머니

오늘 어머니의 뺨이 보름달 같다

애들아

애들아 며칠 전 거래처와 한잔하고 늦게 들어와
샤워하고 이를 닦았는데
술이 과했는지 칫솔이 내 것이 아니었다
미안해서 다음 날 출근해 카톡으로 고백을 했더니
저녁에 내 칫솔만 덩그러니 꽂혀 있더라
엄마 칫솔이랑 너희들 것은 어디로 갔느냐

우리는 가족 아니냐
급하면 가족끼리 칫솔도 나눠 쓸 수 있지 않냐
전쟁 일어나 봐라 칫솔 하나로
전 가족이 사이좋게 써야 할 거야
이렇게 말하면 꼰대라는 걸
나는 잘 안다

산다는 것은 내 칫솔처럼
통 안에 갇혀 진종일 홀로 서 있거나
이빨 빠진 다 쓴 칫솔처럼
빨랫비누통 옆에 팽개쳐지거나

애들아 이제 안심해라
내 칫솔에 표식을 해뒀단다
너희들은 모르는 나만의 표식을 나만의 세계를
나만의 왕국을 구축했다 부국강병 치국평천하
그러나 나를 따르는 백성은 우리 집 강아지뿐
결국 왕국은 문을 닫고 말았다

그래도 너희들이 중학교 때 입던
추리닝 바지 기장을 줄여
십 년 넘게 입고 있다
어제는 당당히 한강을 거슬러 백 리는 걸었다
너희들의 온기가 힘이 되었다

지구 이야기

아버지가 군대를 가십니다 아직 다 쓰지 못한 유서는 골방에 붙여두고 작별 인사는 담배 연기로 대체합니다 용암이 흘러내린 듯 아버지의 뒷목 두꺼운 주름이 출렁이면 턱밑 아래채가 불안합니다 이별은 이렇게 시작되는가 봅니다 낡은 사상을 사각형 틀에 구겨 넣고 급소 부위를 모자이크 처리해 벽에 겁니다 경건해지지만 그냥 지나치기도 합니다

한밤중 넓은 주차장에서 검은 고양이가 비올라를 켜다가 금을 밟는 행위도 예술이라고 부득부득 우깁니다 살다 보니 기도할 일이 많아졌다는 경비 아저씨의 기침 소리가 건물 벽면을 쩍쩍 갈라놓습니다 다음은 이 차의 종착점 용산역 잊으신 과거라도 꼭 메고 가라는 말은 절대 않겠습니다 파뿌리 노파가 사라진 금은방 앞에서 반지를 만지작거립니다

다리 밑에서 주워 왔다 이 말을 철석같이 믿는 막내는 가끔 문틈으로 지구 안을 들여다봅니다 막내는 항상 말풍선을 달고 있지만 무엇을 말하는지는 지우개로 한두 번 문질러봐야 알 수 있습니다 수평선이 기울어지고 있을 때 놀란 눈은 여태

한 번도 감은 적이 없습니다 비눗물이 들어가도 부릅뜬 눈은
엄마를 놓치지 않습니다 백태 같은 이끼가 일렁거립니다

오리나무

햇살도 가닥으로 헤아릴 수 있다는 것을 집주인의 늘어뜨린 발 사이를 뚫고 지하방까지 햇살이 닿았을 때 처음 알았다 직선형 햇살을 캔버스에 옮기자 낡은 에어컨이 쉰 목소리를 높인다 숨을 할딱거리는 고양이는 아그리파를 핥아댄다 머리카락을 한 움큼 쥐고 흔들어보는 머리통에서 수박 냄새가 난다 지축을 흔드는 천둥소리 곧 장마가 시작될 것이다

당신과의 약속을 현관에 걸어두었다 혹시 버려질까 봐 가슴으로 덮어두었다 정체된 시간들은 새끼손가락으로 묶고 인공눈물을 넣으며 세상을 맑게 보려 애썼다 염산을 사러 가는 날 부식된 수도관에서 지렁이가 나왔다 의사는 추간판 탈출이라 했다 탈출이란 말에 잠시 흔들렸지만 견디기로 했다 약속이 자꾸 녹아내리려 한다

주민증을 분실한 날 지문이 없어져 한 달 후에 다시 오라 했다 손금을 소금물에 담그면 꽃이 돋아날지 모른다고 했다 아이를 잃어버린 여자가 전신주에 벽보를 붙이고 있다 넋이 나간 여자는 아이 이름을 부르며 골목을 돌아나갔다 개들을 가

득 실은 트럭은 이미 떠났지만 말하지 않았다 철망에 갇혀 먼
바다를 머금고 있던 아이도 있었다

탄소의 본질

1

우리가 근원을 다투고 서로 증오할 때도
내가 거품 물고 뱉은 날숨은 네가 마시고
네가 토한 날숨은 내 폐부로 들어와 나의 일부를 이룬다
어둠 속에서 꿈틀거리는 생명, 단세포는
대기와 쉬지 않고 음어를 교환한다
어디쯤에서 심장을 내려놓아야 하는지
덜컥, 포트홀에 걸려 나사가 빠지지는 않을지
싱크홀로 꺼져 구조의 손길을 기다릴 것인지
머나먼 우주의 블랙홀로 빨려들 것인지
탄소는 금단현상으로 사시나무 떨듯 몸을 떤다

2

탄소의 젖가슴이 부푼다
솟아나는 샘물
그것은 탄생을 의미하며
나는 그것을 어머니의 젖이라 부른다
인류가 먹고 생물이 먹고 지상에도 뿌려진다

서서히 탄화되어가는 지구

이질적 물성과 특성을 배분하는 탄화물들

이합과 집산을 반복하며 또 하나의 생명을 만들고

그 생명은 한 걸음 더 디뎌 최초를 복제한다

3

당신이 잠시 머물렀을 때 남긴 흔적으로

당신의 연대를 측정하며 온기의 사유를 짚어본다

4

청년이 자동차 안에서 탄불을 피운다

화사한 발열

석양처럼 길게 오랫동안 눕는다

차 문은 결국 타인에 의해 열리고

폴리스 라인 밖에서 사람들이 웅성거린다

5

막 감옥에서 나온 탄소가 두부를 머금는다

책임을 물었기에 겸허히 수용했다

탄소의 눈물이 계곡으로 흐른다

물방울처럼 공중으로 떠다니는 잎사귀

우리가 마주하지 못한 이유는 통찰하지 못해서이다

빅뱅 이전으로 돌아가고 싶은 마음으로

견고한 동소체들과 때로는 단단하게

때로는 느슨한 관계는

탄소의 본질이다

상처

그녀와 눈이 마주치자
이마에 푸른 바다가 출렁거렸다
어디선가 본 적이 있는 빛

그녀를 어디서 만났는지
도무지 기억이 나지 않았다
우리 어디서 만났지요 분명히 몇 번 봤는데
물으려다 그만두었다

어디서 만났을까
뇌를 뒤져도 찾을 수가 없었다
가슴속을 파헤쳐도 찾을 수가 없었다

지나간 상처를 헤집자
그녀가 딱지로 앉은 채 울고 있었다

꽃이 떨어진 눈동자에
바다가 뒷켠으로 빠지고 있었다

별

아내가 자궁을 통째로 들어냈을 때
의사가 그랬다 옆에서 잘 돌봐주라고
우울증이 오면 더 힘들게 된다고 거듭 주지시켰다
나는 바빴다
별일 없지 이 말을 입에 달고 살았다
별일은 없었다

나의 하복부에 이상이 생겨 주변 부속물 포함
뿌리째 들어낸 후 의사가 그랬다
우울하면 즉시 정신과를 찾아가라 연락처를 주었다
별일 없을 거라고 스스로 다짐했다
별일은 없었다

시간이 흐르자 마음이 울적하기 시작했다
우울해야 할 아내는 내 눈치를 보며
이것저것 주전부리를 가져다주고
시중에 떠도는 우스갯소리를 들려줬지만
공허할 뿐이었다

어느 날 밤 아내가 그랬다
한강에 같이 나가자고
이 야심한 밤에 왜 한강을 가자는지 묻지 않고
따라나섰다 겁이 덜컥 났다

강물이 야경을 보듬고 흘러갔다
벤치에 앉아 아내가 그랬다
그게 무엇이든 세상에 하나쯤 없이 사는 것도
괜찮지 않냐고 물어왔다
조금 불편하지만 그게 대수냐고 나를 빤히 쳐다보았다

총총한 별이 흐려 보였다
여우비가 내리는 것 같았다
아내가 나를 꼭 껴안아주었다

사과나무, 융복합

사과나무 묘목을 심었다 얼마나 자라야 사과가 열리는지 묻지 않았다

밤새 실험한 데이터를 입력한다 아침을 깨뜨리는 플라스크, 그 위엔 햇살만 가득하다 까칠한 혓바닥 오랫동안 소화불량을 앓아 오늘은 위장을 비워두었다 해야 할 일이 책꽂이 위에 퇴적암 단층처럼 켜켜이 쌓여 있다 아직 뜯지 못한 포장지에서 포르말린 냄새가 났다 무색의 그것은 내게 색깔을 지우라 한다 창문을 열면 함께 밤새운 시간들이 쪼개져 있다

직관이 느껴질 때 스스로에게 질문을 던진다 가능성이 예측되면 그때부터 가설을 세우고 그것을 검증해나간다 이는 연금술의 역사와 궤를 같이한다 검증은 쾌감과 동시에 고통을 수반한다 늘 모자라는 시간에 방부제를 뿌리고 뚜껑을 덮으면서 엿가락처럼 시간을 늘일 수 있다면 유익할 거라 상상한다 데이터가 성긴 눈발로 날리는 날 고통은 발자국만 남기고 사라질 것이다 가끔 도전이란 말이 사치스러울 때가 있다 지금은 생각의 방향을 수정 중이다

마리아 스퀴도프스카* 당신은 어둠 속에서 어떤 현상을 구했지요 불변의 암석을 만지작거리며 끊임없이 의문을 제기했지요 당신이 선반 위에서 등잔 심지를 갈아끼울 때 당신의 가느다란 다리에서 파란 불빛이 솟았지요 당신은 천상 구도자 스스로 수갑을 채우는 일은 쉽지 않았겠지요

융복합에 대해 생각한다 어두운 동굴을 더듬어 한 발짝씩 내딛는다 그곳에서 눈을 감고 뜨는 것은 무의미하다 사방에서 수런거리는 소리가 들린다 선각자들의 유언이 벽면 가득하다 멀리서 희미한 불빛을 발견한다 단순하게 하나에 하나를 더하는 게 아니라며 불빛이 흔들리며 말한다 융복합은 그러므로 무겁다

* 마리아 스퀴도프스카 : 퀴리 부인의 결혼 전 이름. 1903년 노벨물리학상, 1911년 노벨화학상을 수상했다.

고향

태생지 불명의 갈치가 무리를 따라 남해 삼국을 돌아다니다
고흥만에서 잡혀 시장 좌판에 누웠다
본적 불명 거주지 불명 원산지는 대한민국 고흥
아무짝에 쓸모없는 국적이 왜 그리 중요한지
옆에 나란히 누운 동료는 중국에서 만났는데도 고흥
뒤따라왔다가 엉겁결에 잡혀온 고등어도 고흥
원산지가 틀렸다고 밝힐 수도 없게 된 갈치는
바랜 은색으로 시큰둥하게 누워 있다

내 원산지는 바닷가
대형 화물선과 원양어선이 정박해 있던 부두
꽃이 피고 시내가 흐르고 소 울음이 들려야 할 고향
그런 곳이 고향이고 그리워야 하는데
도시에서 자란 나는 절실히 느끼지 못한다
러시아 여인들이 점령한 내 고향
만남과 이별 그리고 향락이 넘치는 도시
고향이란 정겨운 낱말과는 거리가 멀다

그래도 내 마음의 고향은 있어

밀려오는 파도가 다시 떠나갈 때

기름이 둥둥 뜨는 부둣가에서 멱 감던 기억

정박한 배의 계류삭에 붙은 담치를 뜯어내던 기억

눈 감지 못하는 갈치처럼

부둣가 철조망 사이로 고향을 보았다

썰물에 쓸려가는 아스라한

마음의 고향

조난

굴뚝 연기가 일제히 꺾여 유리창 창공에 빗금을 긋는다 잠바의 멱살을 움켜쥐고 뛰는 바람이 고압선에 걸려 나뒹구는 겨울의 중턱 날카로운 산봉우리에 찔려 상처 사이로 눈발을 뚝뚝 흘린다 조각난 사금파리 별 조각이 눈부신 시간 쑥새들 푸드득 창공으로 흩어졌다 모여들자 쏟아지는 문자들 맞춤법 어긋난 채 떨면서 조난 신호를 쏜다

주전자의 끓는 물이 뚜껑을 박차고 나와 아우성친다 벽난로 옆에 죽은 반려견의 사인은 오리무중 봉투에 담아서 버리세요 천국은 멀지 않거든요 그녀의 목걸이에 걸린 액세서리 십자가 줄이 툭 끊어진다

낙뢰를 맞은 적이 있다 검게 탄 발자국을 따라 현장검증 나설 때 고드름이 정수리에 낙하한다 그림자가 짧은 그는 등에 짐까지 지고 태어났다 전신주에 매달려 겨우 숨 쉬는 그는 복구가 불가능한 성벽에 갇혀 있다 싸늘히 식은 찬밥과 발목이 잘린 꽃 눈물은 모든 것을 씻어가지 않았다

그들

그들이 모여 떠들고 있을 때 사람들은 그들을 비켜갔다

그들이 떠들다가 시무룩해졌을 때도 사람들은 비켜갔다

그들이 서로 다투자 사람들은 멀리 달아났다

그들이 울고 있을 때도 사람들은 시큰둥하게 지나갔다

무서웠다

사람들은 그들을 무서워하고

그들도 사람들을 무서워했다

눈이라도 마주치면 얼른 눈을 아래로 깔았다

그들은 더 빨리 시선을 돌렸다

가무잡잡한 피부에 곱슬머리

쌍꺼풀이 깊은 그들의 국적은 방글라데시

사람들이 자신들을 피한다는 것은

이 땅에 도착했을 때부터 알게 되었다

그들은 풀이 죽어 지하철로 내려갔다

공휴일 아무것도 할 게 없는 압둘라

지하철역 의자에 앉아 모바일 게임을 한다

사람들은 아무도 그 옆에 앉지 않는다

생명보험

이 목숨을 값으로 치면 얼마나 될까
살아 지은 죄와 매월 박봉에서 자동이체한
성 나자로 희망원 후원회비 기만 원
기타 몇몇 선악을 가감하고 나면
남아 있는 금액은 얼마나 될까

옆자리 동료가 죽었다 노모와 아내 그리고 어린 자식 둘을
남겨놓고 원인도 없이 그는 불귀의 객이 되고 말았다 생면부
지의 동료 아내는 죽은 남편을 내내 원망하며 내게 장사라도
하게끔 보증을 서달라고 간곡히 요청해왔을 때 나는 함부로
인감도장을 찍어주었다 이 불신의 시대에 선생님 같은 분도
있네요 그녀는 흐느꼈지만 나는 손사래를 쳤다

맞다 이 불신의 시대
나는 누구를 믿고 누가 나를 믿어줄까
믿는다는 게 단순히 마음의 문을 여는 걸까 구원의 역할일
까

두어 달 뒤 찾아온 동료의 아내는 불쑥 생명보험 계약서를

들이밀며 보험에 가입해달라 했다 장사가 안 돼 정리했지만 보험을 열심히 해서 갚겠다는 그녀의 눈물은 남의 일이 아닌 것 같아 계약서에 서명했다

살아간다는 것은 생명을 유지하는 것과 사람답게 사는 것이 어우러져 있는 법
어떻게 사는 게 사람답게 사는 걸까
어떤 삶이 우리에게 안식을 줄까

그 후 그녀로부터 연락이 끊겨버렸다 죄송하다는 문자를 끝으로 그녀는 어디론가 사라져버렸다 어디로 갔을까 어디서 또 눈물을 뿌리고 있을까 늙은 시어머니는 모시고 갔을까 어린 아들은 챙겼을까

이 목숨을 값으로 치면 얼마나 될까
생명 앞에서 인간은 평등하다고 굳게 믿어왔건만
생명이 다하는 날 생명보험 회사는
직업과 월수입, 학식과 장래성 따위가
각자의 가격임을 호프만식으로 명쾌하게 제시해주었다

벽보를 붙이며

벽보를 붙이며
이별이 무엇인지 알게 되었다
실낱같은 희망이 꿈틀거렸다
너는 나갔지만
나는 너를 보낸 적이 없다
그러므로 너를 찾아야 할 의무가 있고
어디선가 헤매고 있을 너는
시지푸스의 바위
그림자에 놀라 펄쩍 뛰던
너는 굴뚝의 연기일 뿐이다 그래도
돌아오너라
나를 용서해다오

한 무리의 노인들이 전신주에 물을 뿌리고
벽보를 뜯어내지만 나는 또 붙일 것이다
네가 돌아올 때까지
너의 신상과 특징 그리고 목소리를 복구할 때까지
너를 인간으로
환생시킬 준비가 될 때까지

현대인으로 사는 법

분명히 휴대폰을 챙겨 출근했는데
호주머니엔 리모컨이 들어 있다
중요한 전화가 올 텐데 방법이 없다
퀵으로 받아보니 난리가 났다
언젠가 이런 일이 벌어질 줄 알았다

드라마보다 더 드라마틱한 뉴스
온몸을 쏠리게 하는 격투기 치솟는 아드레날린
쏟아지는 메일과 업무 독촉 문자들
구매와 판매가 혼재하는 일상 구분 없는 공사

여권을 두고 도착한 인천공항 출입국장
축지법을 쓰지 않는 한
결코 나갈 수 없게 된 상황
황급히 이리저리 연락을 하다가 결국
벤치에 앉아 날아가는 비행기를 바라본다
언젠가는 이런 일이 벌어질 줄 알았다

무엇이 잘못되었을까

의사는 빙그레 웃으며

좀 쉬어 가란다 또 어떤 일이 벌어질 줄 모르니

천천히 가라 한다

또 이런 일이 벌어지면 다시 꼭 오라고 한다

진짜로 이런 일이 또 벌어질까

설마 이런 일이 또 생길까

골똘히 생각하는데

뒤에선 차가 죽어라

경적을 눌러댄다

제3부

GP에서

1. 경계

폭설이 내려 피아 식별 불가능한 날
철조망 오선지에 음계를 걸어본다
허공을 헤매는 까마귀 떼 서로 엉키고
달팽이 호른 코끼리 튜바 피노키오 트롬본
높은음자리표 콘트라베이스가 소절을 이루면
흰 수염을 흩날리며 나타나는 브람스
여기 어디 적이 있단 말인가
산 정상 뱀허리 따라 골짜기 너머 바다에서 멈춘
철조망에 해시태그를 걸치고 반음을 올려보면
예의 없는 재즈에 취해 비틀거리던
첼로의 허리를 가진 그녀가 생을 마감했다는 소식
디지털 장의사를 찾다가 실족했다 한다
먼 산을 보며 눈썹에 묻은 불씨를 털어냈다

2. 매복

야간 투시경 속으로 숲이 흔들린다

누군가가 이쪽으로 침투하고 있다

심호흡을 하고 총구를 겨눈다

고라니가 눈밭을 차고 나온다

식은땀을 닦으며

어깨에 받친 개머리판은 바이올린

검은 소리가 묻어 나오고

이 혹한기 훈련이 끝나면

모스 부호가 끊어진 이유라도 물어야겠다

   3. 일상

굳이 모여 점호는 필요 없다

각자가 스스로에 대답하면 될 일이다

지뢰 따위는 피해도 되지만 밟아도 그뿐이다

수색은 존재를 알리는 증명서

낮게 엎드린 암구호를 주고받을 때의 스타카토

눈밭에 찍힌 군화 바닥에 숨은 음표

군가도 거룩할 때가 있다

저 아래 냇가에는 적이라 불리는 또래들이

손을 흔들며 물을 긷는다

언제 시베리아 횡단열차를 타볼까

부산 서울 평양 시베리아를 거쳐 도르트문트까지

저 오선지를 걷어내는 날이면

이 골짜기에서 교향곡을 울리리라

흔들리는 일몰

수상하다 한 방향으로 몰린 강바람을 타고 끝이 보이지 않는 끝에서 화려하게 타오르며 침몰하는 저 심장은 누구의 것인가 머무는 곳마다 불 지르고 거듭 쓰라린 상처를 덧내는 너는 도대체 누구인가

창을 든 갈대 군단이 성벽을 이루는 강가 바람이 불자 무수한 화살이 쏟아지고 그 전장을 피해 너는 미루나무 아래 돌무덤을 베고 토막잠을 자는구나 얼마나 시간이 흘렀을까 퇴행성 관절이 삐걱댈 때 깨금발로 달려오는 나비 떼 나비 떼

꽃점을 보다 꽃잎을 놓아버렸다 갑자기 복면한 자객의 암수가 등허리에 꽂히고 그를 피해 달아나면 뜻밖에 네가 앞을 가로막는다 연이은 장풍에 깊숙이 휜 채 지하계단으로 처박히는 붉은 피 검은 혈관

아프다 눈이 델 만큼 뜨거운 눈물로 앞을 보지 못하는 나는 청맹과니다 연리지를 아는가 네가 다시 오마 약속한 시

간은 강물과 함께 떠내려가고 내 몸에는 통증이 떨어질 날이 없구나

　어디선가 다가오는 앰뷸런스 사이렌 세상 모든 사건은 급하게 돌아가고 과거는 과거일 뿐이라며 애써 변명하는 저 강 어귀에서 타들어가는 조약돌 조약돌 네가 조금씩 버리고 떠나는 세상이 흔들리고 있구나

장마

쏟아지더니 하염없이 쏟아지더니 신밧드 양탄자도 떨어뜨리더니 뼛속까지 파고들더니

스프링클러가 터져 작성하던 이력서가 지워져버리더니 기어코 뚝방을 무너뜨리더니

씻어낸 발가락이 하나씩 떨어지더니

아스팔트도 뜯어내고 소녀의 가슴에 담은 꿈도 앗아가고 산송장 노인도 거침없이 데려가고

숨 쉬는 것 숨 죽인 것 모두 쓸어 떠내려가고

볕이 쨍 들어올 때

남은 것은 골절된 희망

누군가가 살해한 것이 틀림없는 시신

원망 가득 담은 찌그러진 냄비

다시는 헤어지지 말자 맹세하던 싸구려 멜로 필름

영세상인 다 죽인다 대기업은 각성하라

찢어져 나무 뿌리에 걸린 현수막

화장이 지워져 알아보지 못한 그 여자의 맨얼굴

아프가니스탄 자살 폭탄 테러 피범벅의 시장 바닥

또 온다

폭우

이제 가져갈 것도 없는데

마지막 남은 사랑도 쓸어간다

등

가슴이 박수와 꽃다발 받고

사람들이 가슴을 품고 껴안을 때

등은 마냥 뒤에서 묵묵히 지켜보고 있다

가슴을 활짝 펼 때 등은 움츠러들고

가슴 창문을 활짝 열 때 등은 얼른 커튼을 드리운다

심장이 뛰는지 가슴에 귀를 대면

등에서도 들려오는 숨 쉬는 소리

낮은 등짝은 그저 가슴 뒤에 붙어 생을 함께한다

날마다 심장을 받치고 가슴을 지지해 눕는 등

잘못한 것도 없이 철썩

등짝은 손바닥으로 기습당하고

떼밀리기도 하고

더러는 짓밟히기도 하는

생을 마감할 때까지 한 번도 가슴과 대면하지 못한 등은

그저 가슴을 밀어주고 받쳐주지만

가끔 토닥토닥 격려를 받는 게 전부다

우리도 등짝 같은 삶을 살아봤을까

아버지의 앙상한 등짝을 밀면서

늙은 근육 사이로 십일자 지게끈 자국

굳은살을 문지르며

등짝처럼 살아야겠다

그림자로 살아보는 것도 괜찮겠다

고개를 돌려

거울 속 등을 들여다본 적이 있다

폭풍전야

태풍이 쳐들어오는 바다
삿갓 아래 번뜩이는 눈으로 염탐 중인 오징어
바위틈에 은폐한 아귀의 날카로운 눈
좌광우도 모두 매복해 호시탐탐 전의를 불태운다

적들이 몰려온다
건드리자 그대로 폭발하는 성게 기뢰
크레인을 들어 올려 폭풍을 절단하는 왕게
낙지는 쇠밧줄로 목을 감아 조르고
강력한 흡반으로 적의를 빨아낸다
오각 표창 불가사리 적을 향해 날아가고
미역들은 무수히 주먹을 휘두른다
주둥이로 독침을 쏘아대는 쥐치
개불은 힘껏 몸을 부풀려 산탄을 쏜다
오랫동안 단련된 철갑상어
철갑을 휘두르고
칼자국의 귀상어 돌진해 물어뜯는다

이윽고 전투는 끝나고

폭풍은 저 멀리 달아났다
시퍼렇게 멍든 바다

햇살이 아스팔트를 구르는 아침
나는 오늘 면접 보러 간다
열 번째 면접
이번엔 잘 되었으면 좋겠다

청춘들

청춘들. 사이버 망명이라 했지만 쫓겨난 것에 불과하다 아무도 땟거리를 챙겨주지 않아 말라가는 청춘들 짧은 이력은 한겨울 낙엽 애타게 폰을 기다리지만 벨은 침묵 모드 채용 공고를 뒤져 구겨진 지원서를 던져본다
붉은 면발 같은 몰골들

청춘들. 파업장에 끼어 앉아 구호를 외친다 살려달라고 문 닫지 말라고 한 푼이라도 더 달라고 공정하자고 월세 내게 해달라고 꿈을 짓밟지 말라고 희망의 끈을 자르지 말라고
차가운 맨바닥 엉덩이가 시리다

청춘들. 내가 너를 사랑하고 너도 나를 사랑하지만 우리는 딱 여기까지다 얼굴만 바라보다 입술에서 얼어 고드름이 된 사랑한다는 말 딱 여기까지다
의무도 없고 책임도 없는 사랑이 길바닥에 나앉았다

한탄강

기다렸으나 오지 않는 소식을 접고 발걸음을 재촉한다 버티고 선 절벽이 파도의 몸부림으로 위험하다 산산이 부서지는 게 그럴 만한 이유가 있을 것이다 꿈속에서도 곱게 접어 머리맡에 둔 씨앗이 어디서 싹을 틔울까 산짐승의 울타리는 없다고 늦게 알아차렸다

정형화된 구름을 걷어낸다 얼음장이 떠다니는 해협을 건너 배를 띄울 준비를 한다 하염없이 주인을 기다리던 버려진 늙은 개는 눈 속에서 생을 접었다 기다린다는 것은 설렘일 수도 있지만 고통 또한 적지 않다 바위 밑에서 웅크리고 있는 미생물들

뱃사공은 더 이상 묻지 않았다 기침을 강물에 뿌리면 하얗게 올라오는 포말들 노를 저을 때 바닥에 차오르는 물을 퍼내며 늘 뱉던 독백이 잦아든다 오늘따라 유난히 달이 밝다 물고기 떼가 힐끔 쳐다보며 지나가는 한탄강 하구

와사풍

가끔 보고 싶지 않은 장면을 보아야만 할 때가 있다
익사했거나 추락한 사람의 흔적
땅거미가 내릴 때의 강나루도 그렇다
하루를 거두어가는 장면이 두려울 때가 있다
무협지를 넘기면 장풍으로 상대를 조각낸다거나
전조등이 위로 치켜뜰 때 처참한 교통사고가 떠올라 몸서리
친다

입이 돌아갔다
보고 싶지 않아도 눈은 감기지 않고
몸은 일제히 한쪽으로 틀고 침은 저절로 흘러내린다

무엇을 보고 싶지 않았을까
내게 말도 못 한 그 무엇이 있었을까
침을 꽂아도 주사를 찔러도
입은 돌아오지 않았다

슬프지도 않은데 눈물이 흐른다 눈의 물

보고 싶다 보고 싶지 않다는 사치다

몇 가닥 신경이야 끊어질 수도 있다

문제는 그다음이다

모두 다 떠나버린 텅 빈 운동장

아무도 돌아오지 않는 게 문제다

사라진 봄

서부간선도로를 달리다 보니 어느새 서해안고속도로라 한다
서부간선과 서해안고속 그 경계는 어디일까
이어져 연결된 도로인데
표지판에 분명히 씌어 있을 텐데
못 보았는가 보다

한 해가 지나고 다음 해가 온다는 날
해가 뜨는 것도 똑같고 어제와 바뀐 것도 하나 없는데
새해가 왔단다 아무 변한 것 없이
아무 한 것도 없이

봄이 그렇다 언제 왔다가 언제 가는지
벚꽃 잎이 눈발처럼 흩날리고
껍질을 깨고 나온 병아리가 몇 번 졸더니
봄은 벌써 가고 없다
누구는 봄은 없다고 단언한다

현기증은 귀에 봄이 와서 그렇단다

조금만 기다려보란다

병원을 나오자

봄이 어지럽게 흩어지고 있다

경계가 허물어지고 있다

공사장 가는 길

오랫동안 거울을 본 적이 없어 얼굴이 기억나지 않는다
춥다고 느껴지는 건 몸에 열이 있다는 것
광대뼈에 든 복숭아가 마루에서 구른다
현기증 같은 안개 속을 더듬어 걷다가 개를 보았다
화살 같은 바람 속에서 우두커니 선 길 잃은 개
우물이 있다 두레박 없는 우물가엔 물고기가 죽어 있다
뜯겨나간 살점에 날카로운 이빨 자국

하청에 재하청을 수락하는 데 대해 의견이 분분하다
식은 국물도 바닥나고 날은 어두워지는데
깡소주를 들이키던 일행 중 하나가 병을 깨뜨린다
파편으로 흩어지는 분노
어디로 가야 할지 어디서 머물러야 할지
하나씩 둘러멘 가방이 혹처럼 부풀어 오르고

묵직한 눈은 내리고 열은 내리지 않는다
해열을 위한 유일한 해법은 몸을 식혀야 한다
큰 눈이 오면 바람은 자중하는 법

작업화 발자국에 눌린 숨소리가 거칠게 굴러다닌다
소리라는 도구가 해열제가 될 수 있을까

희미하게 불 켜진 여인숙이 보인다

폭설

깡마른 화강암에서 천둥소리가 난다
지상에 닿자마자 산화하는 목숨들
순차적으로 포개지고
어머니 무릎에서 연기가 그친 날
마지막 버스가 미끄러진 채 비스듬히 누워
다친 눈을 깜박이고 있다
고장 난 라디오의 쉰 목소리는
공중에서 부러지는 조난신호
모난 계단 아래로 굴러 해체된다
계곡을 뚫는 굴뚝새가
언 발가락을 뚝뚝 분질러 아궁이에 던진다
다시 볼 수 없는 장면들
편편이 갈아 끼우는데
어둠은 하얗게 내려앉고
그리하여 그립고 애타는 것은
이제 없다
바람에 뜯겨나간 회화나무를 눙쳐 내놓은
하얀 백서

저수지 자동차

가지길을 비틀어 내려간 저수지 포클레인이 익사한 자동차를 끌어올린다 시신은 보이지 않고 옷가지만 멱처럼 휩쓸린다 남은 생을 미처 정리하지 못한 수첩이 영혼처럼 떠다닌다 립스틱같이 붉은 신음이 입술을 타고 넘어오자 썰물처럼 고통이 빠져나간다 건져올린 차체는 스스로 목을 맨 것처럼 대롱거린다

불안정한 소나무 숲 사이로 목격자는 숨어서 보고 있을 것이다 정지 대신 가속을 밟았을까 아무도 보지 못했기에 이것은 그냥 정물이라 하겠다 손톱으로 긁어낸 줄기에서 초록 피가 흐른다 이제 당신이 답할 차례다 실체를 온전히 내놓으면 된다 누구에게 무릎을 꿇어야 될 문제가 아니다

수사관이 들이닥쳤을 때 그는 거기 없었다 시신이 없어졌다고 차려진 수사본부 임시막사 천장의 배가 불룩하다 태어나고 죽고 또 태어나고 죽고 골고다 언덕에서 혼자 되뇌어본다 골로 가는 수가 있다 골로 끌려가 맞이한 억울한 죽음 색깔이 다르다고 맞이한 죽음 돌로도 덮이지 못한 죽음 저수지 부근 동굴에서 발굴되는 오래된 뼈 한 무덤

오실로스코프

1

사내가 왔다가 갔다 낯선 사내가 왔다가 두리번거리다 돌아
갔다 같은 생김새의 사내가 또 왔다가 같은 형태를 반복하다
돌아갔다 비스듬한 얼굴과 일자형 뒷머리를 한 아랍형 사내
그가 오지 않으면 모든 역사는 종료된다 슬픈 음악과 슬픔이
가득 찬 행위가 시작되리라 오실로스코프

무단횡단하는 자를 피하려 밟은 스키드 마크의 펄스
지구의 한쪽을 쓸어 담는 태풍의 펄스

2

사내가 나를 스칠 때 펄스는 순간적으로 널을 뛰었다 무수
한 빗금의 파형들 심장은 요동치고 역류하는 피에 가속도가
붙는다 파형은 흐트러지고 비상벨이 울린다 그 사이 그 사내
는 돌아가버렸다

끊어졌다 붙었다 불안하게 펼쳐지던 대낮 갑자기 게릴라 소

나기가 퍼붓는다 혀 밑에 온도가 끓어 넘친다 낯선 문자가 쏟
아지고 온몸을 떤다

　숨을 고르자 뚜벅두벅 걸어오는 첨두치

　엎어져 이마를 찧을 듯, 어머니의 굽은 등 같은 펄스가 걸어
나온다 해를 본 적이 없는 어머니는 입관해서야 비로소 등을
폈다 우두둑 인고의 파형을 깨뜨리는 펄스

* 오실로스코프 : 전자공학의 핵심적인 기초 장비로 특정 시간대의 전압
　변화를 화면으로 볼 수 있는 장치. 이를 응용, 일상생활에서 쓰이는 대
　표적인 기기가 심전도 검사기다.

우리는 아직 멀었다

아파트 사람들이 삼삼오오 모여 수군거렸다
동네에 자폐 학교가 들어선다 했다
더러는 분개하고 누구는 팔을 걷어붙였다
공청회에서 사람들은 현수막을 들고 떼지어 몰려왔다
단상을 점거하고 드러눕고 난장판이 되었다
그때 대여섯 여인들이 무릎을 꿇었다
울면서 잘못했다 용서해달라 도와달라 했다
흥분한 사람들은 그들에게 삿대질했다
집값 떨어진다
다른 데도 많은데 하필 여기야
아이 엄마들은 눈물 흘리며 빌고 또 빌었다
이 틈을 타 지역 국회의원은 그 자리에
한방병원을 짓겠다고 공약했고 재선에 성공했다
결국 학교는 들어서지 못했다
아파트 값은 아이들의 교육보다 틀림없이 위에 있었다
나와 조금 다른 아이들을 허용하는 건 있을 수 없었다

아이 엄마들은 아무도 원망하지 않았다

원래 그랬기 때문에 실망 좌절 이런 단어는

쓸데없는 말에 불과하다는 것을 잘 알고 있었다

저 하늘 지나가는 구름이 잔뜩 찌푸렸다

먹물을 뿌렸다

아이의 얼굴을 꼭 껴안았지만 불안했다

마감 뉴스에

엄마가 아이를 안고 투신했다는 비보

우리는 아직 멀었다

문자의 행적

모르는 이로부터 낯선 문자가 도착했다
세상을 원망하면서 자신을 비하하는 내용이 불길했다
잘못 보냈겠지
번호도 찍혀 있지 않은 흘림체의 문장
막다른 골목에서 돌풍에 말린 비닐봉투가 빙빙 돌듯
비파괴검사에서 붉은색이 번져 있었다

통화 중이었다
스위치를 올렸지만 정전이다
낮달이 뜨는 날은 짙은 색 간판을 내렸다
무거운 그림이 문제였을까
무거운 그림 속에 탱크가 무서웠을까
불타고 있는 탱크 안에서 그을려 죽은 병사를 보았을까
우리는 모두 탱크 주변에 살고 있는데
때로는 탱크 안으로 살기 위해 들어가는데
그냥 그림일 뿐인데

시간이 지나도 영원히 통화 중인 익명의 번호
지금은 신호조차 가지 않는다
디폴트를 선언한다

제4부

겨울 일기

1

아직도 떠나지 못한 허수아비야
네 발등이 동상에 걸려
바람에 쓰라리구나
네가 보살피던 나락 자락들
흔적도 없이 사라지고
숨소리조차 들리지 않는 황량한 벌판에
까마귀 한 마리 이 무거운 정적을 낚아채
하늘로 비상하는 일월의 하오
까마귀 울음소리에
허수아비 마른 혼이 서쪽 하늘로 흘러간다

2

네 나이 젊어 펄떡이고
울란바토르 내북풍이 소요하는
겨울 변두리
마른 풀과 미생의 씨앗이
소용돌이 마풍에 쓸려가는구나

손바닥에 태워올린 저 투명한 동견
무한하고 아득한 바닷속으로
간다, 나는 간다 겨울이여
빈 가지에 굴뚝새 점 찍힌 목소리
그만큼 가는 누이의 감성을 밟고
겨울이 흘러가는구나
죄지은 자의 죄 혹은
실패의 자국이 박혀 있는
한겨울 대낮이여

3
이른 아침 담 너머로
회색 상여가 구부러져 지나간다
현관에 수취인 불명 엽서와 얼어 죽은 까마귀
엉켜 굳어 있고 조리개 없는 안경이
콧등에서 시리다 시려서
우리가 닦고 닦은 유리창 한 뼘마다
밤새 두드린 새 발톱이 긁혀 있다
상수리 억센 목숨이

힘닿는 데까지 버티고 선 포구에서
출발해야 한다
출발해야 한다고
굳지 않도록 밤새 버틴 눈발이여

　　　4

구천을 떠다니는 소문이 지금
내 귓가에서 떨고 있다
쓰라린 뼈마디마다 램프가 켜지고
눈싸락 틈에서 실비명이 흐른다
분실한 달 월식에도
세상이 허연 겨울밤
도깨비가 비탈을 내려오고 있다
아 소문이여, 목이 잠긴 소문이여
그대 빈 가슴으로 돌아가라
서쪽 하늘에서 날아온 부고가
하염없이 떨고 있는
겨울밤

물류 창고

이제 물류 창고도 선진화가 필요하다

늙은 어머니 독거 자식 옷장 정리 중 맞닥뜨린 지독한 냄새
를 따라가다가

지구의 반대편 숲이 우거진 사각형 정원 철망의 링 안에서

무수한 주먹을 맞고 밤탱이 눈을 부비며 활짝 웃는 아들

호주머니에서 만지작거리는 달러 그리고 물류 창고의 물
류를

효율적으로 배치하고 보관하고 어떻게 출하할 것인가를 고
민하는

물류 창고의 개선은 시대적 과제가 되었다

아래 깔린 물류는 영문도 모른 채 압사하고

지게차에 사람이 깔려 죽기도 하는 이 엉망진창 물류 창고를

자동화가 실업자를 양산한다 안 한다 철 지난 논쟁으로

틀렸다 맞다 핏대를 세우다 인공지능을 적용해보자

양측의 주장은 진보와 보수 보수와 진보

기업과 노조 국민과 공무원

그리고 호주가 치르고 있는 지구인들의 죗값, 불바다

동작 느린 코알라 탈출은커녕 제 몸을 불쏘시개로 등신불이
되었다

눈도 감지 못한 채 커다란 눈망울이 그을려 바라본 태평양
푸른 섬

거대한 물류 창고 타오르는 지구

코알라는 아무도 원망하지 않는다

순정 부품은 함부로 순정을 바치지 않았다

어머니를 항아리에 담아 껴안은 독거 자식은 덜컹대는 치아
를 꿰매고

물류 운반 도중 항아리를 뚫고 올라온 꽃

차라리 허파가 필요 없는 꽃을 본다

옥탑방은 무너뜨리면 전초 진지로 쓸 만큼 높은

물류 창고는 아늑하다

저 꽃이 피고 지는 따스한 항아리

분말가루 엄마처럼 부드럽다

당신의 영역

편의점 앞 리어카에 폐지를 싣고 있는 할머니를 향해
다른 할머니가 리어카를 앞세우고 맹렬히 달려옵니다
한바탕 삿대질과 육두문자가 오갑니다
서로 자기 영역이라고 주장합니다

밤에 길고양이는 앙칼진 소리로 침입자와 힘을 겨룹니다
둘이 일합을 벌일 때마다 용쟁호투
털이 한 움큼씩 뽑혀 나갑니다
쫓고 쫓기는 전투는 밤새도록 이어집니다

골란 고원을 이스라엘 영토라고 선언한 미국 대통령
전쟁으로 빼앗긴 시리아는 강력 반발합니다
힘없는 나라 하소연해보지만 변하는 건 없습니다

그래서 당신의 영역은 어디인가요
목숨을 걸고 지켜내야 할 그런 곳이 있나요

출근 날 아침 아버지의 말씀

애야 차 조심 하거라

윗분 말씀 잘 듣거라

일찍 들어오너라

아버지의 말씀을 영역을 잘 지키라고 오역하는 나는

말씀을 담은 호주머니가 비어 있습니다

무엇을 잃어버린지도 모르는

속옷이 흥건히 젖도록 땀을 흘린 지하철 안

첫 출근 날 아침입니다

우리가 알고 있던 부동산 투자는 끝났다

부동산의 미래를 예측해보면 복부인 출신 할머니
찍었다 하면 최소 열 배는 오르는 땅을 점지하는
고모와 그 일당들이 활개를 치던 시대는 끝나고
공유경제 시대의 부동산 삽짝거리 우물 속의 맑은 식수처럼
자기 땅 한 평 없이 평생을 살다 간 무명씨들
그 그림자들과 공유하는 부동산 그리고 토지공개념
차디찬 우물물을 들이켜며 공복을 채우는 비어 있는 땅
사회주의자라고 손가락질하는 땅부자들의 질투와 모함을
견디고
4차 산업을 이끌 새로운 부동산 운용의 시대가 왔다고
흥분하는 공인중개사 김 사장
5년 거치 30년 분할 상환으로 토지 유상 배분을 주장하더니
우물은 성수처럼 넘쳐 다시 지하로 흘러들고
적절한 토지 배분은 거친 땅을 개간하는 에너지이니라
자본주의를 더 단단히 하는 획기적인 부동산 정책임을
공인중개사 김 사장은 열변을 토하다
뻗었다 식탁 위에는 술병이 가득하고
아프리카 오지 양식이 없어 말라비틀어져가는 아이들과

비 한 방울 오지 않아 말라가는 대륙의 부동산과

건조한 안구를 묻을 한 뼘의 부동산

우리가 알고 있던 부동산 투자는 끝났다

김 사장의 잠꼬대가 허공에 울려 퍼진다

정립

비가 오자 조여 있던 나사가 서서히 풀려나기 시작했다
마디와 마디를 이어주던 관절 부위에서
오랫동안 펴지 못한 연륜으로
으레 꺾여 있어야만 그 구실을 다한다는 강박 관념
서서히 풀려날수록 자유에 익숙지 못해
펼수록 관절의 통증이 가중되고 있다
한 번씩 짓누를 때마다 더욱더 힘주어 버팀으로써
본래의 기능을 상실치 않았다는 안도의 울림이 전해오지만
이렇게 천천히 풀려날 때
경험하지 못한 자유는 곧 해체를 의미하는 것일까

좌우지간 이상하다 풀려날수록 관절의 통증이
가중되는 이유를 도대체 알 수 없다
튼튼한 신소재의 나사가 한 바퀴 돌 때마다
더욱 삐걱거리는 관절
빗방울이 굵어지자 풀려나는 속도는 점점 빨라지고
여태까지 길러온 근육과 빗장뼈의 의지가
한꺼번에 아우성치고

혁명 같은 변화에

긴장이 이완되면서 또 하나의 긴장이 팽배하고

무너져라, 압박에 잘도 버티어온 관절

풀어지는 것은 원래 고통이고 방황이었을까

관절은 관절끼리

거미줄 같은 신경을 통하여

굳게 버틸 것을 거듭 다짐했지만

꺾이는 부분마다 서로 손아귀를 움켜쥐고

힘 모아 눈물, 어금니 악물어 버티어왔지만

핏줄 불끈 솟도록 용쓰며 살아온 시절이 문득

빗방울 앞에서 쓰라린 추억으로 떠오르는 이유는

참으로 모를 일이다 폭우가 쏟아질수록

나사는 자꾸 빠져 달아나고 무기력증으로 인해

갑자기 무릎이 끊어질까 봐 두렵다

나사 빠진 빈자리는 닳아 부스러기 쌓이고

일부는 바람과 빗물에 쓸려가지만

남아 있는 생채기는 혼자의 아픈 기억으로 더욱더 파일 뿐

이다

비기 그치자
서로 손잡지 못한 상태에서 관절은
비 한 방울 튀지 않은
오랫동안 신성한 자리였음이 뚜렷이 드러나고
관절의 근본이 정립임을
부리로 톡톡 쪼아보는
새의 미소에서 우리는 확인할 수 있다

상가

서쪽 하늘로 흘러가는 푸른 곡소리
비가 내리는 포구를 적시고 있다
안개에 젖은 갯벌 열병을 앓아
밤새도록 개 짖는 소리 꼬리를 물고
갯바람은 더 이상 불지 않는다
머리칼 푼 젊은 아낙
한 생애를 풀어헤치고
힘센 어부들은 죄다 취해 있었다
잔인한 바다, 바다여
긴 이빨로
나도 삼켜다오, 삼켜가다오
어둠이 어둠으로 변명하고
별 스러지는
상가

투수 변천사

우리는 어쨌든 목표를 위해 방어선을 뚫어야 했다
스크럼을 짜고 구호를 외치며 정면돌파를 시도했을 때
중무장한 전경들의 방패에 찍히고 군화에 짓밟히면서
페퍼포그에 눈물 콧물 쥐어짜면서 거듭 뒤로 밀렸다

본능적으로 우리는 보도블록을 깨 던지기 시작했다
포물선을 그리며 날아간 돌덩이는 근처에 가지도 못한 채
구르고
어쩌다 목표지점에 도달한 돌멩이는
포수 마스크보다 더 단단한 철모에 무력화되고
치열한 공방 끝에 우리는 우연히 그들의 치명적인 약점을
발견했다

언더핸드로 하체를 공략하라

방패가 막아주지 못하는 하체를 집중 공격하자
철벽 같던 대오가 우왕좌왕 무너지고
우리는 낙오된 한 무리의 전경들을 포위해 무장해제시키자

두어 달 전까지도 함께 돌 던지던 하숙집 동기와 눈이 마주
쳤다

이렇게 해서 시작된 언더핸드는 그 위력을 떨치고
방어율이 두 자릿수인 투수들이
언더핸드로 변신해 성공을 거둔다

오늘 야구장에서
9회 말 투 아웃 만루 상황에서 언더핸드 투수가 삼진을 잡자
열화 같은 관중의 함성이
적어도 우리들에겐 그날의 함성으로 부활하고
그때 사로잡혔던 동기는 촛대뼈에 난 상흔을 더듬으며
언더핸드의 위력을 다시 한번 절감하고
한 시대의 아픔이 우리들의 가슴에 다시 한번 요동쳤다

그날 우리는 스크럼 짜듯 어깨동무를 하고
포장마차에서 새벽을 맞이했다

직공

1

익숙한 밤을 공복으로 지키고
온종일 작업한 가면을 손질한다
가진 것은 우리들의 빈손 하나
무거운 의식의 베스트셀러를 찌르고
떠도는 햇살 몇 가닥과 어울릴까
이 나라 신생을 이마 짚어
갱년기를 진단하고
하루 반 넘게 다스린 근육은
이제 만나야 할 것은 자유다
근 달포 만에 쓰는 일기장 한바닥, 그 방바닥에
한 장 구겨진 바람으로 뒹굴고
가장 깊은 의식의 수렁으로 빠지고

어설픈 연기로 열연한 후
이끼 낀 가면을 벗으면
아, 나무의 목숨, 이파리는 잘게 떨어
허리께로 파고드는 생활의 통증

찬바람을 잠재우며
다시 차디찬 공구를 들어본다

    2

저녁연기는 빠른 바람들과 어울려
형식의 숲속으로 퇴각한다
기체로 가라앉은
공단 변두리 허물어진 모퉁이를 꺾으면
전생에 떼 지은 혼, 낯선 어둠
일상으로 만나고
좌절 같은 전신주에 모로 부딪혀
쓰러져 피 흘리는 그림자를 끌고
빈손으로 왔으므로 연기로 돌아간다
시퍼런 겨울 어깨너머로
할아버지 천년 기침 소리
금년 말 내릴 눈사태를 예언하며
꺼져가는 심지로 돌아눕다

안개, 상체 잃은 바다

너는 어디서 울음 울고 오느냐

어제도 꿈속에서 내린 빗물은

소금기로 남아

이 작은 가슴을 절이는구나

상하지 않은 기도와 햇살의 커튼을 걷어 올리면

다시 푸르른 아침으로 일어서고

아, 누군가

굳은살 위에 못질을 시작하는가

슈더에게

사람들은 네 목소리가 감미롭다 하더구나
아이스크림이 녹듯 혹은
가을 낙엽이 바람에 구르듯 그대 노래에
나는 커피를 마시며 그대 손가락을 연상한다
여섯 가닥 기타줄을 기막힌 기교로 뜯어내는
그리하여 공허한 소년의 가슴에 서정을 채워주던
그대 안경 너머 근시안 시력이
어디에 찔려 피가 날까 두려웠다
노타이나 진바지의 남루한 자유가
테러나 폭행, 납치되지 않을까 불안했다
그러나 군중 앞에 당당히 선 그대
반전의 평화적 시위에 앞장서서
기아와 빈곤을 호소하고
그때 우리는 그대 노래만큼 파아란 사상에
가슴 깊이 사랑을 싹 틔웠지
이후 우리는 성장하여 가정을 갖고
직장을 갖고
일상에 충실하려 애를 쓰며

주식이 얼마나 올랐을까 걱정하며
세상에 드러나지 않은 전쟁을 무수히 치렀지

어디서 쿠데타가 났을까
사람들은 다급하게 비명을 마구 뿌려놓고
나는 석간지를 황급히 찢어
스크랩한다 뜻밖에
신문지 뒤에 반쯤 잘린 그대 얼굴이
우리들의 청년 시절을 더듬게 하고
완벽한 늪에 빠진 듯
그 뒤로 하드록으로 바뀐 이 시대에
너는 허약한 미소를 지으며 지금
뉴욕 어느 값싼 호텔 라운지에서
아직도 은은하다고 주장하는 네 목소리가
악보 따라 불려지고 있겠지
슈더, 한때는 나도 무척 그대를 좋아했지
가사의 뜻도 모르고 노래를 따라 불렀지
지금 막 필요 없어 버려야 할

신문지 뒤의 잘린 네 모습에서
살아 있다는 막연한 생의 애착이
오뉴월 광장의 분수처럼
어지럽게 흩어지고 있다

칼

쇠를 두들긴다

빛나는 칼날을 세우기 위해

벌겋게 달아오른 쇠를 두들긴다

힘차게 찍을수록 날은 날카로운 법

침입하는 자를

단호히 베기 위해

이두박근 한 줄기 뚝 끊어지도록

어금니가 딱딱거리도록 쇠를 두들긴다

봉두난발 상투도 좇지 못한 죄

조상님의 업보를 이어받아

힘차게 힘차게 내려찍는다

무엇이든 이 아래 내려놓아 보라

칼은 칼답게

창은 창답게

날카롭고 위엄 있게 내려쳐주마

찍음으로 해서 넘치는 기쁨

두들겨 만든 칼이

제때에 긴요하게 쓰인다면

삼두박근 몽땅 끊어지면 어때

조선 반도 넘보는 자는 모두

이 한칼에 베도록

힘차게 쇠를 두들긴다

겨울강

잠은 숲의 심연에서 빠져나와
불면의 아침을 흔들어 깨운다
멀리 석기시대로부터 뚜렷한 강의 흔적
하늘로 뻗어 있고
강을 누르는 묵직한 정적을 비집고
무명의 새가 낮게 하강한다
우리가 이른 아침 잠을 털어내고
다시 출발을 준비하는 겨울 아침
누구와 함께 거닐면 외롭지 않을까
젖은 모음 하나 아, 하고
계곡에 던지면
겨울산은 조금씩 흔들리다
쪼개져 방울방울 구르는 눈물을 뿌린다
눈이 내린다
미덥지 못한 계절의 끄트머리에서
다시 오마, 약속하지 못한 슬픔이
수직으로 우리들의 가슴에 떨어지고
보였다가 다시 사라지는 길처럼

운명은 처음부터 예측치 못했던

그리하여 내내 한쪽으로만 흘러야 하는

그대 겨울강은 아직 숲의 가슴이다

친일 문인 기념 문학상 이대로 둘 것인가 1

나라를 빼앗긴 이회영 여섯 형제가 비분강개해
전 재산을 정리해 가족 모두를 이끌고 만주로 넘어가서
독립전쟁을 준비하다 쫓겨 다닐 때
누구는 조선의 젊은이들에게
황군을 위해 목숨 바치자고 시를 헌사했다
해방이 되고 군부 독재가 들어서자
독재자를 찬양하고 그를 위한 시를 헌사했다
미당 서정주, 그가 그랬다

가장 밟지 말아야 할 길을 걸어간 그를 기리자고
조상의 친일을 물타기 하고 싶은 언론사에서 만든
미당문학상
오늘날에도 이 상을 심사하고
고개 숙여 감사히 받고
박수 받고
두둑한 상금으로 동료들에게 밥과 술을 사고
가슴에 단 훈장을 어루만지는 시인들아

부끄럽다

진실로 부끄럽다

인간이 짐승과 다르다면 부끄러움을 아는 것일진대

부끄러움은 구겨서 쓰레기통에 버리고

시 쓴다고

문학 한다고

차라리 붓을 내팽개쳐라

친일 문인 기념 문학상 이대로 둘 것인가 2

일제가 연합군에 항복하는 당일 한 조선인 작가가
조선총독부 정보과장 아베 다쓰이치를 찾아가
시국에 공헌할 새로운 작가단을 만들게 해달라 조아리는데
그날 정오에 일제는 항복 선언을 했다
그는 몰랐다
소설가 김동인 그가 그랬다

반민특위가 춘원 이광수를 체포 압송할 때
차 안에서 조사관이 물었다 왜 그러셨냐고
일본이 이렇게 빨리 망할 줄 꿈에도 생각 못 했다
구구절절 변명에 조사관은 다시 수갑을 옥죄었다

결국 독재자 이승만의 반민특위 와해 공작으로
친일 부역 문인 처벌은 유야무야되고 말았다

동인문학상
수상자 하나가 말했다
더 잘하라는 채찍으로 받아들이겠다고

민족으로부터 맞아야 할 채찍

그들 대신 제대로 한 번 맞아보겠냐 묻고 싶다

스스로 주홍 글씨를 이마에 새긴 작가들

부끄러움도 모르고

백주대낮에 이마에 문신을 새기고

환하게 웃으며 여기저기 기웃거린다

만에 하나 우리가 또 외세 지배를 당한다면

앞장서서 부역할 자들이 누구인지

우리는 안다 삼척동자도 안다

참으로 부끄럽다

어둠을 밝히다
― 촛불집회에 부쳐

그날 밤 광화문 광장에서
사람들은 손가락에 불을 붙여 어둠을 밝혔다
뜨거운 줄 몰랐다
손가락이 타들어가자 목청에도 불을 붙였다
숯이 되어가는지 몰랐다
그 함성들은 햇불이 되어 산기슭으로 올라갔다
구름을 타고 하늘로 퍼져갔다

사람들의 가슴속에는
불씨가 이글거리고 있다
언제든지 끄집어내 태울 수 있었다
엄동설한 동장군도
매서운 칼바람도
손가락에 붙은 불을 이기지 못했다
그 어느 것도
백만 개의 손가락은 이길 수 없다
결코 이길 수 없다

오늘 밤

또 손가락에 불을 붙여야 한다
불붙은 손가락으로 그것을 향해 또 쏘아야 할지 모르겠다
가슴에 불을 지펴 피운 불씨를
내일도 손가락에 피워야 할지 모르겠다

아이러니에 깃든 세계의 진실

이명원

권위상 시인을 내가 처음 만난 것은 그가 사무총장으로 있는 민족문제연구소 산하 민족문학연구회에서였다. 그는 이 모임에서 이른바 친일문인문학상의 폐지를 위한 문학적 활동에 열중하고 있었다. 친일문학의 역사적 책임 문제에 대해서 그처럼 치열하면서도, 사람 관계에서는 의외로 부드러운 면모를 확인하게 되는 것은 개인적으로 매우 인상적인 느낌이었다.

권위상의 시편들을 살펴보면서, 나는 최근 몇 년간 그가 보여주었던 문학운동적 활동이 그의 시에 상당 부분 영향을 드리웠을 것이라는 예견 속에서 작품을 읽어나갔다. 그런데 막상 원고를 다 읽고 나서 발견하게 된 그의 시세계는 나의 예상과는 좀 다른 것이었다. 물론 이 시집의 가장 뒷부분에 있는 「친일 문인 기념문학상 이대로 둘 것인가」라는 제목의 두 편의 시와 「촛불을 밝히다」와 같은 시는 그의 문학사적 신념이 비교적 명료히 나타난 것으로, 다른 시에서의 "불확실성 시대에 나는 적당히 타협할 우군도 없다"(「나트륨」)는 표현이나, "정확한 절단이 가끔 필요한 삶"(「도림동 철공소」)과 같은 엄밀한 현실 인식에 부합하는 방식으로, 정치와 역사와 문학에 대한 시인의 입장과 시각을 명료하게 진술하고 있었다.

우리가 극복해야 할 정치적·역사적 질곡에 대한 시인의 비타협성은 이를테면 「저격수」 같은 작품에서 상징적으로 잘 나타나고 있는 듯하다. 이 시의 도입부에서 시인은 현실을 "무덤 속 혹은 구름 속"으로 규정한다. 역사 정의가 실현되지 않는 부조리성을 말하고 있는 듯하다. 이어서 시인은 역사적 사건에 대한 가치평가를 "역사에 맡기자는 주장에 저격수는 동의하지 않는다"고 말한다. 지금 시 속의 "저격수"는 "어금니를 깨물며 방아쇠에 검지를 올려 놓"은 채 "목표물"을 향해 "총구"를 고정시키고 있는데, 그는 결국 손가락을 당겨 "목표물"을 향해 총알을 "격발"한다. 그러나 죽음에 이르는 것은 저격의 목표물만이 아니다. 그 역시 대응사격에 의해 "조준경이 깨"진 상태로 "심장에서" "피"를 내뿜으며 죽게 된다.

결국 "그와 목표물은 한날한시에 역사의 뒤편으로 사라지"게 된 셈인데, 이것을 통해서 시인이 말하고자 하는 바는 한 줄의 역사적 사건 속에 숨어 있는 서로 다른 비타협적 신념과 항쟁의 격발에 대한 정당한 가치평가와 의미화가 필요하다는 의지 또는 신념이다. 비유컨대 저격수의 "격발"의 의미를 정치적으로 의미화하는 것이 역사이며, 역사의 해석과 판단을 둘러싼 의미론적 항쟁에 참여하는 게 시인의 신념이라는 것을 이 시는 잘 보여준다.

문제는 시인이 '불확실성의 시대'로 명명하고 있는 현재 우리가 놓여 있는 현실의 성격이다. 물론 시집을 읽으면서 우리는 시인에게 과거 민주화 과정에서 경험한 역사에 대한 트라우마를 언뜻 발견할 수 있다. 「전기구이」가 그런 경우다. 이 시의 도입부에서 시인은 "나는 통닭을 줄줄이 꿴 전기구이를 보면/전기고문이 생각난다"고 말한다.

그 고문의 실상은 2연에서 다음과 같이 구체적으로 진술된다.

> 어느 날 검은 선글라스 사내들에 의해
> 눈 가리고 팔 꺾인 채 끌려간 캄캄한 지하실
> 무릎 꿇린 채
> 나의 내벽은 속절없이 무너지고
> 신이여 차라리 죽게 해주소서
> 죽음만이 살 길이었던 참담한 기억들
>
> ─「전기구이」 부분

시인은 거리의 '전기구이 통닭'을 바라보다가, 독재권력에 의해 자행되었던 속칭 '전기구이 고문'을 떠올린다. 그러자 "구역질을 멈추지 못"하는 상황이 이어지는데, 이는 고문의 트라우마를 무의식과 신체에 각인시킨 한 시대의 정치적 폭력성에 대해 생각하게 만든다. 오늘의 현실을 생각하면, 시민항쟁을 통해 군사독재가 문민정치로 극복되고, 민주화 이후 '형식적 민주화'가 진전된 것은 사실이지만, 고문의 개인적 기억은 물론이거니와 친일과 독재의 역사적 질곡이 완전히 극복되거나 지양된 것은 아니다. 그것은 민주주의가 위기에 빠져들 때마다 악몽에 가까운 트라우마처럼, 실재적·심리적으로 재현될 징후를 보여주고 있다. 그것이 어쩌면 시인이 불안하게 음미하고 있는 시대적 불확실성의 증후인지 모른다.

더구나 현실적 모순과 불확실성을 더욱 심화시키는 것은 민주화 이후 한국의 경제적 고도성장과 결부된 신자유주의 논리의 전면화, 즉 일상의 제반 영역에서 심화되고 있는 물질적 탐욕과 차별주의의 내면화와 같은 노골화된 '스노비즘적 폭력성'이다.

가령 「그들」에서 시인은 아시아계 이주노동자에 대한 한국인들의 차별적 인식을 이렇게 표현한다.

> 그들이 모여 떠들고 있을 때 사람들은 그들을 비켜갔다
> 그들이 떠들다가 시무룩해졌을 때도 사람들은 비켜갔다
> 그들이 서로 다투자 사람들은 멀리 달아났다
> 그들이 울고 있을 때도 사람들은 시큰둥하게 지나갔다
> 무서웠다
>
> —「그들」 부분

이러한 시적 진술을 통해서, 오늘의 한국인들이 아시아계 이주노동자들을 일종의 '투명인간'으로 간주하는 배제적 차별 및 폭력의 주체가 되었음이 잘 드러난다. 오늘의 한국적 현실에서 이주노동자는 결코 평등한 인간적 존재로 '가시화'되지 않는다. 이주노동자가 유일하게 가시화될 때는 그들이 '혐오'의 대상으로 등장할 때이다. 그러나 오직 '혐오'의 대상으로서만 인식되고 가시화되는 이 배제적 폭력과 차별적 시선은 단지 이주노동자로만 한정되지 않는다.

우리는 계속해서 우리 안의 타자(他者)들을 만들고 낙인 찍으면서, 그들을 공동체의 경계 바깥으로 '배제'하는 일을 쉬지 않는 건 아니냐는 비판적 인식이 아래의 시에는 잘 나타나 있다.

아파트 사람들이 삼삼오오 모여 수군거렸다
동네에 자폐 학교가 들어선다 했다
더러는 분개하고 누구는 팔을 걷어붙였다
공청회에서 사람들은 현수막을 들고 떼지어 몰려왔다
단상을 점거하고 드러눕고 난장판이 되었다
그때 대여섯 여인들이 무릎을 꿇었다
울면서 잘못했다 용서해달라 도와달라 했다
흥분한 사람들은 그들에게 삿대질했다
집값 떨어진다

—「우리는 아직 멀었다」 부분

「그들」에서 아시아계 이주노동자가 존재를 부인당했다면, 「우리는 아직 멀었다」에서는 "집값 떨어진"다는 이유로 "자폐학교" 학부모들이 아파트 주민들에 의해 모욕과 폭력의 대상이 되고 있다. 여기서 우리가 '전기고문'으로 상징되는 과거 독재권력의 가시화된 폭력과 '자본의 논리'에 의해 대중적으로 내면화된 '스노비즘적 폭력' 가운데, 어떤 것이 더 인간다운 삶을 위협하는가라는 양도논법에 입각한 질문을 제기하고자 하는 것이 아니다. 가시화된 '정치적 폭력과 내면화된 '자본의 폭력' 모두 인간 존재 자체를 부정하는 극단의 논리라는 점에서는 다르지 않다는 사실을 중층적으로 성찰하는 태도가 중요할 것이다. 아마도 그것이 권위상 시인이 조망하고 있는 '겹눈'의 시선이 갖는 현실 인식의 성찰적 측면일 것이다.

이런 관점의 연장선상에서 「투수 변천사」는 우리가 살아온 시대의 폭력적 구조에 대한 알레고리적 비판으로 읽힐 수 있는 작품이다.

> 언더핸드로 하체를 공략하라
>
> 방패가 막아주지 못하는 하체를 집중 공격하자
> 철벽 같던 대오가 우왕좌왕 무너지고
> 우리는 낙오된 한 무리의 전경들을 포위해 무장해제시키자
>
> …(중략)…
>
> 오늘 야구장에서
> 9회 말 투 아웃 만루 상황에서 언더핸드 투수가 삼진을 잡자
> 열화 같은 관중의 함성이
> 적어도 우리들에겐 그날의 함성으로 부활하고
> 그때 사로잡혔던 동기는 촛대뼈에 난 상흔을 더듬으며
> 언더핸드의 위력을 다시 한번 절감하고
> 한 시대의 아픔이 우리들의 가슴에 다시 한번 요동쳤다
>
> —「투수 변천사」 부분

　위의 시는 다른 시대에 속하는 두 개의 장면을 "언더핸드"를 매개로 병치·대조하고 있다. 민주화 시기 가두투쟁의 과정에서 전경들을 향해 "언더핸드"로 투석전을 벌였던 장면과 프로야구 경기를 관전하면서 "언더핸드" 투수가 삼진을 잡은 데 환호하는 현재의 대중적·일상적 풍경이 그려진다.
　'유사성'을 근거로 이질적 상황을 병치시키는 기법은 영화에서의 몽타주 수법과 유사하다. 그러나 이 두 장면의 병치는 유사성

이외에도 '이질성'을 내포하고 있다. 지금 시인은 두 장면을 병치시키면서 가두투쟁에서의 함성이 야구장에서 "그날의 함성으로 부활"하고 있다는 식으로 능청스럽게 서술하고 있지만, 이 서술의 이면에 은폐되어 있는 것은 정치성이 소거된 일상적 흥분에 숨어 있는 체념과 비애와 같은 항우울의 정념이다. 그런 점에서 보면, 위의 시에서의 서술은 이질적 상황을 병치시키면서 아이러니의 감각을 극대화하는 의미론적 '충돌의 몽타주'에 해당하는 것이라 할 수 있다. 맥락이 다른 상황의 병치를 통해 시인은 과거와 현재를 매개하는 "언더핸드"의 이질성을 묻는다. 또 "함성"의 이질성을 묻는다. 그리고 세월이 가는 동안 얼마간 찢기고 분열된 "우리들"의 존재론적 열망의 쇠퇴에 대해서 묻고 있다. 야구장에 있는 관중들의 함성이 커가면 커갈수록, 시적 화자인 "우리들"의 공허감도 그것에 비례하여 짙어져간다는 게 이 시에 숨어 있는 내면적 파토스다. 아이러니가 아닐 수 없다.

이렇게 쓰고 나니, 권위상의 시를 정치성에 집중된 텍스트 일반으로 해석할 수 있을 것 같지만, 사실 이 시집을 읽으면서 내가 때때로 읽기를 멈추고 몽상에 자주 빠졌던 것은 자신을 둘러싼 삶의 내력을 표현한 여러 작품들에서였다.

「밥상의 내력」은 그것을 마치 연속되는 파노라마 필름처럼 회상의 환등기를 잘 켜고 있는 작품이다.

식구들은 항상 오래된 밥상에 둘러앉아 밥을 먹었다
아버지가 숟가락을 들면 일제히 식사가 시작되고
식사 도중 자리를 뜨는 일은 결례임을 알고 있었다

한잔할 거냐
　　아버지는 반주를 드시기 전 꼭 한 번 물으셨다
　　가끔 형은 잔을 받고는 얼른 아버지께 돌려드렸다
　　아버지 자리엔 시퍼런 소나무가 가지를 뻗고 있었다
　　　　　　　　　　　　　　　—「밥상의 내력」부분

　이렇게 도입부가 시작된 후 3연에서는 "슬픔이 줄어들 무렵 형이 아버지 자리를 어색하게 차지했다"는 상황이 제시된다. 그러던 형이 분가하자 "밥상엔 새 식구인 아내가 합류"한다. 5연에서는 화자의 "둘째가 숟가락을 들 무렵 결국 어머니도 자리를 비우셨다"는 진술이 이어진다. 시의 종결부에서는 "수북한 음식"을 차린 돌아가신 부모님의 제사상을 보여준다.

　이 시에서의 밥상은 한 일가의 생성과 소멸의 연대기를 보여주는 시적 상징이다. 하이데거가 이 시를 읽었다면, 마치 고흐의 〈신발〉이 그 신발을 신고 있는 농민의 대지를 은폐하면서 농민적 세계 전체를 드러냈다는 해석과 유사하게, "밥상"에 깃들어 있는 살아 있는 인간들의 '시적 진실'을 드러내고 있는 작품이라 평가하지 않았을까 하는 생각도 하게 된다.

　이 작품 이외에도 한 가족의 내력을 유머러스하게 이야기하고 있는 작품이 있다. 「대머리 가계도」가 그런 작품인데, 「밥상의 내력」과 결부해서 생각해 보면 일종의 단편 서사시에 해당하는 이야기성이 풍부한 작품이다.

　　우리 집은 항상 밝았다
　　아버지도 삼촌들도 모두 대머리였다

모여 저녁식사 때는 휘황찬란했다
듬성듬성하지만 큰삼촌은 모발 이식을
늘 거울 앞에서 서성대는 둘째 삼촌은 가발을
소설 쓰는 막내 삼촌은 아예 겉머리마저 밀고 다녔다
아버지는 그야말로 정통 대머리
출근하실 때면 구두코처럼 반짝거렸다

아침마다 콩나물 통에 물을 주시는 할머니
콩나물 머리를 가지런히 만지시며
알아듣지 못할 말로 중얼거리신다
그러는 할머니를 꼭 껴안는 삼촌들

밤마다 정화수를 떠다 놓고
두 손 빌며 기도하시는 할머니
내가 잠들었을 때 내 머리에 정체 모를 액체를 바르신다
가끔 할머니가 나를 안쓰럽게 쳐다보는 이유를
나는 안다

당신 닮으면 어떡하지
삼촌들처럼 장가 못 가는 거 아냐
어머니가 아버지에게 지청구하는 소리를
방 밖에서 은근슬쩍 들은 적이 있다

맞다 아버지의 말씀이
머리카락 좀 없으면 어때 인성이 좋아야지

오늘 아침 머리 감을 때
고개를 숙이고 머리 위를 올려다보았다

머리숱이 줄어들고 있었다
휴가가 끝나고 부대로 복귀하는 날
할머니를 꼭 껴안아드리고 문을 나왔다
속으로 나는 괜찮다고 다짐했다

—「대머리 가계도」 전문

　위의 시의 도입부는 "우리 집은 항상 밝았다"로 경쾌하게 시작된다. 이후의 시어들을 읽어 가다 보면, 그 밝음의 내력이 드디어 밝혀지는데, 당사자들의 입장에서 보면 시적 상황 자체는 사실 어떤 절박감을 띠고 있다. 큰삼촌의 모발 이식, 둘째 삼촌의 가발, 막내 삼촌의 밀어버린 머리는 그런 개인적 절박감을 잘 보여준다. 더구나 잠든 "나"를 바라보며 "삼촌들처럼 장가 못 가는 거 아냐"라는 어머니의 "지청구"는 그것을 가장 높고 크게 고조시킨다. 그런데 이 시의 매력은 이런 가족들의 절박한 상황은 그것 그대로 드러내되 이에 대한 가치평가로부터 거리를 두고, 어떠한 감정이입 없이 객관화하여 서술하는 시인의 태도에 있다. 시의 내적 상황은 당사자들에게는 자못 절박한 상태인데, 짐짓 그것을 타인의 일인 양 거리를 두고 시인이 서술을 하다 보니, 이 미적 '거리'에 의해서 파생되는 유머와 삶에 대한 관조가 흔쾌한 온기를 그것을 읽는 독자에게 제공하게 되는 것이다.

　바꿔 말하면, 권위상의 시가 개인사의 내력을 서술하는 과정에서 보여주는 시적 매력은 감정의 과장이나 이입을 배제하고, 거리를 두고 그것을 객관화하는 관조적 태도를 보여주고 있기 때문인 것 같다. 물론 객관화라고 해서 그것이 마치 소설에서의 '3인칭 객관 시점'처럼 서술자의 감정을 완전히 배제한 채 차갑게 상황만을 보여주는 것은 아니다. 상황에 대한 객관화된 서술과 시적 자아의 감정적 긴장(tension)을 잘 유지하고 있기에 그것은 가능한 것이다.

개인적 체험이라는 관점에서 보면, 고백에 해당할 「별」에서의 서술 태도 역시 그러하다. 시에 제시된 아내의 상황을 보면 "자궁을 통째로 들어"내는 수술을 한 직후다. 남편의 상황이라고 좋은 건 아니다. "하복부에 이상이 생겨 주변 부속물 포함/뿌리째 들어낸 후"라는 표현을 보면, 남편이나 아내나 정신과 신체 모두 균형이 교란된 고통의 조건 속에 있다. 수술 직후 남편과 아내 모두에게 "우울증"의 발병을 주지시키는 의사의 발언은 그 심각성을 암시한다.

그런데 역설적이게도 이 시의 종결부를 보면, 이러한 상황에도 불구하고 시 속의 인물들이 감정을 '억제'하면서 고통을 '상대화'하는 삶의 태도가 잘 드러난다는 사실이다. 감정의 절제와 승화라고 할 법한 태도와 서술이 돋보이는 것이다.

> 강물이 야경을 보듬고 흘러갔다
> 벤치에 앉아 아내가 그랬다
> 그게 무엇이든 세상에 하나쯤 없이 사는 것도
> 괜찮지 않냐고 물어왔다
> 조금 불편하지만 그게 대수냐고 나를 빤히 쳐다보았다
>
> ─「별」부분

장기를 떼어내는 큰 수술을 하고 나서, 수술 후의 상황을 "하나쯤 없이 사는 것"으로 상대화할 수 있다는 격정적 감정의 '절제'가

돈보이는 서술이다. 수술 후의 상황을 "조금 불편"할 뿐이라 말하는 아내의 진술은 동시에 시인이 삶의 고통을 바라보는 시각이라 보아도 무리가 없겠다.

삶의 고통을 차분하게 객관화하면서 절제된 감정의 톤을 유지하는 것. 이것이 개인적 삶의 내력에 대한 권위상의 시작상의 보편적 특징이라 볼 수 있다. 이것은 삶에 대한 성숙한 관조 또는 성찰이라고 규정할 수 있는 것으로, 그러다 보니 시를 읽는 독자의 입장에서는 삶의 복마전에 가까운 역정과 정념을 시를 통해 읽어나가면서, 일종의 모순된 감정적 희열에 해당할 '아이러니'를 느끼게 한다. 이 아이러니의 감각 때문에 그의 시가 형식적으로는 간결하지만, 독서 과정에서 느끼게 되는 감정적 진폭은 지속력이 강한 울림을 갖게 하는 것이다.

가령 "아버지의 앙상한 등"을 묘사하고 있는 「등」은 아이러니에 입각한 삶의 인식을 표현하는 가장 전형적인 작품이라고 판단된다.

가슴이 박수와 꽃다발 받고
사람들이 가슴을 품고 껴안을 때
등은 마냥 뒤에서 묵묵히 지켜보고 있다
가슴을 활짝 펼 때 등은 움츠러들고
가슴 창문을 활짝 열 때 등은 얼른 커튼을 드리운다
심장이 뛰는지 가슴에 귀를 대면
등에서도 들려오는 숨 쉬는 소리
낮은 등짝은 그저 가슴 뒤에 붙어 생을 함께한다
날마다 심장을 받치고 가슴을 지지해 늦는 등

잘못한 것도 없이 철썩
등짝은 손바닥으로 기습당하고
떼밀리기도 하고
더러는 짓밟히기도 하는
생을 마감할 때까지 한 번도 가슴과 대면하지 못한 등은
그저 가슴을 밀어주고 받쳐주지만
가끔 토닥토닥 격려를 받는 게 전부다
우리도 등짝 같은 삶을 살아봤을까
아버지의 앙상한 등짝을 밀면서
늙은 근육 사이로 십일자 지게끈 자국
굳은살을 문지르며
등짝처럼 살아야겠다
그림자로 살아보는 것도 괜찮겠다
고개를 돌려
거울 속 등을 들여다본 적이 있다

—「등」 전문

　위의 시는 "가슴"과 "등"이라는 신체의 모순병존을 드러낸 후에, 그것을 아버지의 "늙은 근육"을 보여주는 내력담으로 연결시키고 있다. 시인의 시선에 따르면, "가슴"과 "등"은 하나의 신체이면서도, 기묘하게도 삶의 화려한 환희는 오직 "가슴" 편으로만 향해 있다. 반면 "등"은 "가슴"과 생을 함께하면서도 "손바닥으로 기습당하고/떼밀리"는가 하면, "더러는 짓밟히기도 하는" 고통이 집중된, 그러나 그것을 견디는 견인주의와 유사한 속성을 가진 것으로 서술된다.
　"등"과 "가슴"이라는 신체성의 부분적 대조를 통해, 환희와 고

통이라는 삶의 대립적인 속성을 이분하여 제시하고, 다시 이것을 "아버지의 등짝"에 대한 의미화를 통해, 가족에 대한 부친의 사랑과 노동에 대한 서늘한 경의를 표현하고 있는 작품이 「등」이다. 위의 시에서 "등"이 처한 상황과 속성에 대한 서술과 묘사는 "늙은 근육 사이로 십일자 지게끈 자국"이 나 있는 아버지에 대한 이해와 공감, 그리고 경의를 보여준다. 이때 주름은 고통의 증거이자 그것을 극복하고자 했던 열망의 흔적이다. 동시에 "아버지의 등"은 시인에게 욕망을 추수하려는 삶에 대한 날카로운 경계와 절제의 태도를 상기시키는 일종의 거울이다. 그래서 "등짝처럼 살아야겠다/그림자로 살아보는 것도 괜찮겠다"는 삶에 대한 내면적 각성이 가능해지는 것이다.

권위상은 개인적 삶과 역사적 기억에 숨겨져 있는 '이면의 진실'을 성찰하고 표현하는 데 그의 시적 관심을 기울이고 있다. 그의 시에 항용 등장하는 아이러니의 어법과 인식은 개인적·역사적 진실을 탐구하기 위한 시적 망원경이자 현미경이다. 시적 진실과 역사적 진실에 대한 두 방향에서의 탐구는 권위상의 시를 더욱 풍부하게 발성하게 만들 것이다.

李明元 | 문학평론가·경희대 교수

푸른사상 시선 157

마스카라 지운 초승달

권위상 시집